L'AUBERGE

DES ADRETS,

MÉLODRAME EN TROIS ACTES A SPECTACLE,

DE MM. BENJAMIN, SAINT-AMANT ET PAULYANTHE;

MUSIQUE DE M. ADRIEN;
BALLETS DE M. MAXIMIEN;
DÉCORATIONS DE MM. JOANNIS ET DÉFONTAINES.

REPRÉSENTÉ POUR LA PREMIÈRE FOIS A PARIS, SUR LE THÉATRE
DE L'AMBIGU-COMIQUE, LE 2 JUILLET 1823.

PRIX : 5o CENT.

PARIS,

CHEZ POLLET, LIBRAIRE-ÉDITEUR DE PIÈCES DE THÉATRE,
RUE DU TEMPLE, N. 36, VIS-A-VIS CELLE CHAPON.

—

1823.

<table>
<tr><td>PERSONNAGES.</td><td>ACTEURS.</td></tr>
<tr><td>MARIE, pauvre Femme.</td><td>Mlle Lévesque.</td></tr>
<tr><td>DUMONT, Aubergiste.</td><td>M. Baron.</td></tr>
<tr><td>CHARLES, son Fils adoptif.</td><td>M. Gustave.</td></tr>
<tr><td>GERMEUIL, Cultivateur.</td><td>M. Boisselot.</td></tr>
<tr><td>CLÉMENTINE, sa Fille.</td><td>Mlle Olivier.</td></tr>
<tr><td>RÉMOND, ancien Camarade.</td><td>M. Frédéric.</td></tr>
<tr><td>BERTRAND, ancien Camarade.</td><td>M. Firmin.</td></tr>
<tr><td>PIERRE, Garçon d'auberge.</td><td>M. Paul.</td></tr>
<tr><td>ROGER, Brigadier de Dragons.</td><td>M. Gilbert.</td></tr>
<tr><td>Un Garçon d'auberge.</td><td>M. Joly.</td></tr>
<tr><td>Un Notaire.</td><td></td></tr>
<tr><td>Paysans des deux sexes.</td><td></td></tr>
<tr><td>Dragons.</td><td></td></tr>
</table>

———

La scène se passe à l'Auberge des Adrets, sur la route de Grenoble à Chambéry.

Vu au ministère de l'intérieur conformément à la décision de S. Ex. en date de ce jour.

Paris, le 31 mai 1823.

Par ordre de Son Excellence,
Le chef adjoint au bureau des théâtres.
COUPART.

IMPR. DE MAD. HUNEROMME-CREMIERE.

L'AUBERGE DES ADRETS,

MÉLODRAME EN TROIS ACTES.

ACTE PREMIER.

Le théâtre représente la cour de l'auberge de Dumont. Elle est fermée au fond par une haute haie au milieu de laquelle est pratiquée une porte d'entrée ; à gauche de l'acteur, l'entrée de l'auberge, au premier plan, du même côté, la porte d'un caveau; à gauche, des arbres sous lesquels sont placés des tables.

SCÈNE PREMIÈRE.

PIERRE, Garçons d'auberge.

(Au lever du rideau, les garçons de l'auberge sont occupés à ranger les tables ; d'autres boivent. A l'arrivée de Pierre ; ils restent interdits.)

PIERRE.

Eh bien ! qu'est-ce que vous faites donc là , vous autres ?

UN GARÇON.

Ce que nous fesons... rien.

PIERRE.

Comment rien ?... Est-ce que vous croyez que je ne vous ai pas vus ?...

UN GARÇON.

Je vous assure bien , monsieur, que...

PIERRE.

Laissez donc. Est-ce que je ne vous ai pas vu prendre cette bouteille... verser comme ça ? (*il se verse*) et puis faire comme ça ? (*il boit*) Non , je ne vous ai pas vu prendre... Allons , allons dépêchons-nous. Que tout soit prêt lorsque M. Germeuil et sa fille arriveront. Voyons ces tonneaux : placez cette planche dessus. C'est ici que sera l'orchestre... bien , c'est ça. Que de mal, que de mal pour faire marcher tous ces gens là !... Eh bien ! qu'est-ce? Quand vous me regarderez là, les bras ballans, l'ouvrage n'avance pas. N'avez-vous affaire qu'ici? Allez au jardin préparer les bouquets?... Vous, montez du vin de la cave?— Vous autres, disposez la vaisselle et la batterie de cuisine. Allez donc, mais allez donc plus vite que ça...Ils me feront perdre la tête. (*Les garçons rentrent dans l'auberge.*)

SCÈNE II.

PIERRE, M. DUMONT, CHARLES.

DUMONT, qui a entendu les dernières paroles de Pierre.

Eh bien , Pierre, nos préparatifs avancent-ils ? De l'activité, mon garçon !

PIERRE.

Il m'en faut avec ces gens là, je vous en réponds. Si l'on n'était pas ainsi à les surveiller, le moment arriverait et rien ne serait prêt.

DUMONT.

Je t'ai donné mes pleins pouvoirs, ne néglige rien ; ne ménage point la cave, surtout ! je veux aujourd'hui que les violons, l'amour, le vin vieux et le bonheur mettent tout le monde dans l'ivresse.

CHARLES, à Dumont.

Que de bonté ! (à Pierre) Tous ces préparatifs te causent bien du tracas, bien de la peine, à toi, mon pauvre Pierre ?

PIERRE.

Bon ! laissez donc ; le mouvement est utile à ma santé. Et d'ailleurs, pour d'aussi bons maîtres, il n'est rien qu'on ne fasse. Eh ben ! monsieur Charles, le voilà donc arrivé ce fameux jour ! C'est aujourd'hui que M. Germeuil vous amène votre prétendue, mam'selle Clémentine ?

CHARLES.

Hélas !

PIERRE.

Comment diable ! à la veille d'épouser celle que vous aimez, vous paraissez triste, inquiet ?

CHARLES.

Moi, mon ami ; point du tout.

PIERRE.

Si fait, si fait. N'est-ce pas not' bourgeois ; ne trouvez-vous pas aussi ?...

DUMONT.

En effet. Mais j'attribue cette préoccupation à l'importance de l'engagement qu'il va contracter.

PIERRE.

Ah ! c'est vrai que c'est bien fait pour causer un peu de tintouin. C'est pas que j' pense... Ah ! mon Dieu ! ben au contraire...

DUMONT.

Je pense moi, que tu babilles, tandis qu'il faut agir.

PIERRE.

Ah ! pardon... Non, mais c'est que, quand j' parle comme ça, j' m'amuse à jaser, là , et puis .. et puis vous avez raison, il me reste encore bien des choses à faire là dedans... Je vous quitte.

SCÈNE III.

DUMONT, CHARLES.

DUMONT.

Tu le vois, mon ami, je n'ai point été le seul à m'apercevoir de ta tristesse. Clémentine sera bientôt ici ; que penserait-elle de son Charles, si elle ne voit pas briller dans tous ses traits la joie que doit lui causer l'heureux événement qui se prépare.

CHARLES.

Ah ! lorsque M. Germeuil connaîtra le fatal secret que vous m'avez révélé, voudra-t-il encore consentir à mon mariage avec sa fille ?

DUMONT.

D'abord il ne pourrait pas se conclure sans cette confidence que j'ai peut-être un peu tardé à faire ; mais ensuite, Germeuil est trop juste, trop sensé pour partager un préjugé funeste ; il n'en continuera pas moins à reconnaître en toi l'amant aimé de sa Clémentine, et le vertueux fils de son ancien ami.

CHARLES.

Oh oui ! votre fils, ce titre m'est bien doux ; mais vous avez détruit mon bonheur en m'apprenant...

DUMONT.

Je le devais. Il était bien naturel qu'à toi d'abord je fisse part d'un secret qui t'intéresse si vivement.

CHARLES.

Puisse-t-il ne pas causer mon malheur !

DUMONT.

Plus de confiance, mon Charles. Quel autre conviendra mieux pour gendre à Germeuil ? En te mariant, je te cède mon auberge. Tu es jeune, actif, plein d'honneur : la dot que t'apportera Clémentine ne peut manquer de fructifier entre tes mains. Va , mon vieil ami désire trop le bonheur de sa fille pour ne pas consentir à cette union.

CHARLES.

Que le ciel réalise votre espoir ! (*On entend le bruit d'une voiture*)

DUMONT.

Mais qu'entends-je ? Serais-ce déjà nos voyageurs ? Oui, je reconnais la carriole.

CHARLES, *qui a été regarder.*

Ce sont eux, c'est Clémentine.

DUMONT.

Holà ! Pierre ! Jacques, François, accourez !

CHARLES, *à part.*

Dans un moment mon sort sera décidé.

SCÈNE IV.

Les Précédens, PIERRE , Garçons d'auberge, GERMEUIL et CLÉ-MENTINE.

La carriole arrive derrière la haie qui est au fond du théâtre et s'arrête. Germeuil et sa fille descendent. Cette dernière reste dans le fond pendant que les garçons d'auberge retirent les paquets et les cartons qui sont dans la cariole, Charles reste près de Clémentine.

GERMEUIL , *à Dumont.*

Bonjour, mon ami ; tu ne nous attendais pas sitôt ; n'est-ce pas ? Que veux-tu ? Clémentine n'y tenait plus. Je crois que pour arriver plus tôt, elle m'aurait volontiers fait passer la nuit.

DUMONT.

A la veille d'une noce on a tant de choses à se dire ! Nous connaissons cela , mon ami : nous avons passé par là.

GERMEUIL.

Il n'y a pas jusqu'à ma petite jument Cocotte qui semblait sentir qu'elle nous conduisait à une fête.

DUMONT.

Mais que font-ils donc là bas ?

GERMEUIL.

Et le débarquement des toilettes ! Ton auberge ne sera pas assez grande pour contenir les cartons que nous apportons. Je ne suis pas fâché que ce soit une affaire finie ! En vérité je ne sais pas comment la tête d'une femme peut résister aux apprêts d'une noce.

CLÉMENTINE, *aux garçons.*

Prenez garde de chiffonner ces paquets ? Surtout ayez soin de ces cartons !

PIERRE.

Soyez tranquille, mamzelle. (*Il entre ainsi que les autres garçons emportant les cartons.*)

GERMEUIL, *à sa fille.*

Allons, maintenant que les affaires sérieuses sont terminées, viendras-tu embrasser ton futur beau-père ?

CLÉMENTINE, *gaîment.*

De tout mon cœur. (*Elle embrasse Dumont.*)

GERMEUIL.

Et toi, mon Charles, que fais-tu là ? Faudra-t-il te donner la permission d'embrasser ta femme ?

CHARLES.

M. Germeuil, le titre d'époux de Clémentine est le plus précieux auquel mon cœur puisse aspirer ; cependant l'honneur m'impose la loi de ne point

accepter ce titre avant que vous ayez entendu mon père. Alors, vous pro-
noncerez, si vous me croyez encore digne d'obtenir la main de votre fille.

GERMEUIL, *surpris.*

Que veut-il dire?

DUMONT.

Je vais te l'apprendre, pendant que Charles aidera Clémentine dans ses
grands rangemens.

CLÉMENTINE.

C'est-à-dire que je ne dois point entendre...

DUMONT.

Plus tard vous saurez tout. (*à Charles*) Conduis cette belle enfant. Je
vous abandonne pour ce soir en toute propriété la petite salle du fond.

GERMEUIL.

Et ne tardez point à revenir. (*Ils entrent dans l'auberge avec les garçons*).

SCÈNE V.

DUMONT, GERMEUIL.

GERMEUIL.

Nous sommes seuls! Quel est donc ce secret auquel Charles semble attacher une si grande importance?

DUMONT.

Ce n'est pas sans raison, mon ami, qu'il redoutait ce funeste moment,
puisque, des révélations que je vais te faire, dépend son sort à venir.

GERMEUIL.

Et toi aussi? Ah! ça, vous me faites trembler! explique-toi?

DUMONT.

Apprends donc ce que tout le monde ignore, et ce que je ne puis te cacher
en ce jour : Charles n'est pas mon fils!

GERMEUIL.

Charles, dis-tu, n'est pas ton fils?

DUMONT.

Non, mon ami. Il y a dix-huit à dix-neuf ans, j'étais à Grenoble alors;
j'eus le malheur de perdre à la fois une épouse chérie et un fils qu'elle
venait de mettre au jour. Désespéré de ce coup terrible, je me rendais chez
un parent, lorsque dans une auberge où je m'arrêtai, je vis la foule ras-
semblée autour d'un enfant. Il avait été déposé entre les mains de l'auber-
giste par une pauvre femme, qui depuis ne l'était pas venu reprendre. Je
jetai les yeux sur cet enfant que tout le monde repoussait, et séduit par
l'idée d'attacher à ma vieillesse un être sensible, qui me devrait tout, je le
pris d'abord sous ma protection...

GERMEUIL.

Sans t'informer...

DUMONT.

D'après le rapport de quelques cavaliers qu'on avait mis sur les traces de
la mère, cette infortunée détenue dans les prisons de Grenoble, sans doute
pour quelques mauvaises actions, mais que l'on traitait avec moins de
rigueur que les autres prisonniers à cause de son état, avait trouvé le moyen
de tromper la vigilance de ses gardiens et s'était échappée.

GERMEUIL.

Et que devint-elle?

DUMONT.

Je l'ignore, on ne pût découvrir sa retraite. Elle sera morte de misère
dans quelques pays éloignés.

GERMEUIL.

Et nul indice, nul renseignement.... .

DUMONT.

Si fait, un papier que je trouvai enveloppé dans les vêtemens donné à
l'enfant le nom de Charles que je lui ai conservé, ce nom est suivi de celui
de Marie et de la lettre B, qui est sans doute la première du nom de famille de sa mère. Depuis ce temps Charles a passé pour m'appartenir, et

je n'ai qu'à m'applaudir d'une résolution qui , en ravissant peut-être un infortuné au crime, m'a rendu le père du plus tendre des fils.

GERMEUIL.

Personne ici , dis-tu ; ne connaît ce funeste secret....

DUMONT.

Personne.

GERMEUIL.

Et ce parent chez lequel tu t'arrêtas ?

DUMONT.

Il est mort , il y a environ douze ans.

GERMEUIL.

Je respire !... touche là mon ami.

DUMONT.

Comment , tu consens toujours ?...

GERMEUIL.

Charles est toujours pour moi le fils de mon vieil ami. Qui , moi, je punirai un malheureux des fautes de sa mère ? Je lui ferais un crime de sa naissance ? Non , Charles est vertueux , si ses vertus sont dignes de notre admiration , allons nous occuper du contrat.

DUMONT.

Excellent homme ! digne ami ! Ah ! je n'ai jamais douté de la bonté de ton cœur ; mais à ce dernier trait je sens mes larmes couler... embrassons-nous !

GERMEUIL.

Quittons cet entretien pour ne jamais le reprendre. Ce secret est mort entre nous deux. Tous les hommes hélas ! ne pensent pas comme nous, et même lorsqu'on se place au-dessus de certains préjugés, la société impose la loi de les respecter.

SCÈNE VI.

Les Précédens , CHARLES, CLÉMENTINE.

CLÉMENTINE, *elle accourt en entraînant par la main Charles qui semble la suivre avec crainte.*

Mon bon père, tout est en ordre, et mes robes n'étaient pas même chiffonnées ; n'est-il pas vrai Charles ?

DUMONT , *à Charles.*

Eh bien ! me croiras-tu , maintenant ?

CHARLES.

Quoi, mon père ?

GERMEUIL , *lui montrant Clémentine.*

Voilà ta femme.

CHARLES , *vivement et avec expression.*

Est-il possible ! je serai assez heureux....

GERMEUIL.

Oui, mon cher ami , voilà ta femme.

CHARLES.

Ah ! croyez que ma reconnaissance égalera mon bonheur.

GERMEUIL.

Allons , ne songeons qu'à nous divertir.

CLÉMENTINE.

En vérité , messieurs , vous êtes fort aimables avec vos conversations. Allez-vous enfin me dire ce que tout cela signifie?

GERMEUIL.

Mon enfant, qu'il te suffise de savoir que la confiance que Charles vient de témoigner à ton père est une nouvelle preuve de délicatesse qui le rend encore plus digne de ton estime.

CLÉMENTINE.

Cette assurance me suffit.

DUMONT.

Ah ça ! voyons songeons à l'essentiel. Charles cours prévenir nos amis et tu les amèneras de suite avec toi.

CLÉMENTINE.

Pourquoi donc ?

DUMONT.

Comment pour célébrer votre arrivée en ces lieux : c'est une petite fête impromptu que nous vous avons préparée, en attendant la noce.

GERMEUIL.

En ce cas, nous allons entrer faire un peu de toilette ; c'est que je veux que ton beau-père et la future te fassent honneur : entends-tu mon garçon ?

CLÉMENTINE, à Charles.

Ne soyez pas long-temps absent.

CHARLES

Dans une minute, ma Clémentine, je serai de retour. (*Charles se retire. Germeuil, Clémentine et Dumont rentrent dans l'auberge.*)

SCÈNE VII.

RÉMOND, BERTRAND.

(*Leurs vêtemens sont couverts de poussière, le premier porte un large bandeau noir qui, en lui couvrant un œil, lui cache une partie de la figure.*)

RÉMOND.

Enfin, nous approchons de la frontière.

BERTRAND.

Le ciel en soit béni, car depuis deux jours que nous sommes échappés des prisons de Lyon, je suis dans des transes continuelles. Ces maudits cavaliers couvrent toutes les routes ; en avant, en arrière ; et ils vous regardent !

RÉMOND.

Bah, la moindre chose te fait trembler comme une femme.

BERTRAND.

Oh ça ! j'avoue en toute humilité que je suis encore à cent lieues de ton impudence et de ton effronterie ; tu marches tête levée, comme si tu étais le plus honnête garçon du monde, toi !

RÉMOND.

Cette assurance écarte les soupçons, et d'ailleurs qu'avons-nous donc tant à redouter : moi ce bandeau me rend méconnaissable, nous avons fait trop grande diligence pour craindre les ordres qu'on aurait donnés de nous poursuivre, ensuite nous avons des passe-ports.

BERTRAND.

Que nous devons à mes petits talens.

RÉMOND.

Qui nous ont été fort utiles.

BERTRAND.

Sans doute, mais j'éprouve un frisson involontaire toutes les fois qu'il faut les exhiber. Ces damnés vous examinent avec une attention bien faite vraiment pour troubler une conscience qui n'est pas nette.

RÉMOND.

Il est vrai que je n'ai pu me défendre d'un certain mouvement lorsqu'à la dernière brigade, le sous-officier a examiné nos passeports ; quand je l'ai vu nous toiser plusieurs fois des pieds à la tête, se pencher à l'oreille de son camarade.

BERTRAND.

Oh ! je n'avais point une goutte de sang dans les veines.

RÉMOND.

Eh bien la simple apparence du trouble aurait excité ses soupçons, et qui sait où cela nous menait ? J'ai fait bonne contenance, et il nous a laissé continuer notre route.

BERTRAND.

D'accord ! mais tiens je voudrais déjà être en lieu de sûreté.

RÉMOND.

Avant peu nous aurons gagné le Piémont.

BERTRAND.

Jusque là je ne serai point tranquille.

RÉMOND.

La chaleur est excessive, voici l'auberge dont je t'ai parlé, arrêtons-nous y un moment pour nous rafraîchir et prendre des forces.

BERTRAND.

Y songes-tu je te dis que c'est une imprudence !

RÉ OND.

C'est ton refrain à chaque pause, j'y suis habitué, (*il lui prend la main*) De l'audace.

BERTRAND

Tu ne doutes de rien.

RÉMOND, *appelant.*

Hola ! quelqu'un.

SCÈNE VIII.

Les Précédens, PIERRE.

PIERRE, *dans la maison.*

On y va ! on y va ! (*il sort* qu'est-ce qui appelle ?)

RÉMOND.

Ici l'ami.

PIERRE.

Tiens, l'ami, il n'est pas gêné celui là. (*Regardant Rémond et Bertrand,*) que demandez-vous ?

RÉMOND.

Fais nous servir de quoi nous rafraîchir.

PIERRE.

Ca suffit, (*Pierre reste à les regarder*).

RÉMOND.

Eh bien ! est-ce que tu ne m'as pas entendu.

PIERRE.

Pardonnez-moi, mais c'est que voyez-vous, là dedans nous sommes un peu embarrassés, pour le moment, les apprêts d'une noce : d'un festin..... si ça vous est égal, tenez, je vous servirai sous cet arbre tout ce que vous voudrez.

RÉMOND

Volontiers, nous le préférons.

PIERRE.

En ce cas, restez là, je reviens dans l'instant. (*à part*), ah mon Dieu ! Mon Dieu, ils ont des drôles de mines ! (*il rentre dans l'auberge.*)

SCÈNE IX.

RÉMOND, BERTRAND.

RÉMOND, *qui examine les apprêts de la fête*

Mais en effet, en arrivant je n'avais pas remarqué. Tout semble ici dispose pour une fête, tant mieux cela nous dissipera, j'aime beaucoup les noces, moi.

BERTRAND.

Si tu les aimes, que ne te mariais-tu ?

RÉMOND.

Et c'est fait il y a beau jour.

BERTRAND.

En vérité, comment diable, jamais tu ne m'as parlé de cela ! Et ta femme ?

RÉMOND.

Il y a dix-huit ou dix-neuf ans que je l'ai plantée là, pour me soustraire à certaines petites poursuites judiciaires.

BERTRAND.

Et depuis ce temps, qu'est-elle devenue ?

REMOND.

Je n'en sais rien.

BERTRAND.

Peut-être que de son côté, elle aura ainsi que toi fait son chemin ?

REMOND.

Non, je ne le crois pas ; c'était une de ces femmes à principes, une de ces vertus scrupuleuses qui préfèrent le travail et la misère à l'emploi de nos moyens commodes de faire fortune.

BERTRAND.

Mon ami, cette femme là ne te convenait pas du tout, ah ça ! et depuis que tu l'as quittée, tu n'en entendis jamais parler?

REMOND.

Jamais.

BERTRAND.

C'est singulier.

SCÈNE X.

Les Mêmes, PIERRE.

(Vers la fin de la scène précédente Pierre a apporté du vin et des verres, et il a préparé un couvert, sans que Rémond et Bertrand s'en soient aperçus ; lorsqu'il a fini il vient frapper doucement sur l'épaule de Bertrand.)

PIERRE.

Quand vous voudrez, messieurs, vous êtes servis.

BERTRAND, *qui, en se sentant toucher, à fait un mouvement extraordinaire.*
Ah ! mon Dieu !

PIERRE, *surpris.*

Eh bien qu'a-t-il donc ?

REMOND, *à part avec humeur à Bertrand.*
Imprudent, tu vas nous compromettre !

BERTRAND.

Ecoute donc, on est pas maître de ces choses là, j'ai cru que c'était un dragon. *(Rémond et Bertrand se mettent à table, on entend une musique villageoise.)*

PIERRE.

Tiens, qu'est-ce qui nous arrive là ? *(Il va regarder)* Eh mais, ce sont nos jeunes gens, monsieur, et Charles et les violonneux sont à leur tête, courrons prévenir notre monde. *(Il revient à la petite porte de l'auberge)* M. Germeuil, mademoiselle Clémentine, descendez, v'la M. Charles. *(Les villageois et les ménestriers à leur tête entrent et garnissent la scène. Charles qui les précède est entré dans l'auberge : il en sort bientôt amenant Dumont, Clémentine et Germeuil.)*

SCÈNE XI.

Les Mêmes, DUMONT, GERMEUIL, CLÉMÉTINE, CHARLES,
Villageois, Villageoises, Ménétriers, etc.

(Germeuil, Clémentine et Dumont sont sortis de l'auberge et ont été au-devant de Charles qui paraît à la tête des villageois.)

DUMONT.

Eh bon jour, mes amis, vous voyez qu'on vous attendait ... il nous faut du jarret et de l'appétit ... d'abord voilà un repas et de jolies filles, qui se recommandent à vous, soignez-moi cela.

PIERRE.

Tiens ! qu'est-ce que j'entendons *(il regarde)*. Ah ! mon Dieu ! qui nous vient encore ? *(Charles va au fond)*.

DUMONT.

Qu'est-ce donc !

CHARLES.

Une malheureuse femme que l'on vient de recueillir sur la route expirant de fatigue et de besoin.

GERMEUIL.

L'infortunée.

CLEMENTINE.

Il faut lui donner tous les secours....

DUMONT.

Pierre, vite du vin !

CHARLES.

Eh bien comment vous trouvez-vous maintenant ?

MARIE.

Mieux, beaucoup mieux. Hélas ! ce secours m'était bien nécessaire car depuis hier matin je n'avais rien pris.

TOUS.

Pauvre femme !

DUMONT.

Vous n'êtes point de ce pays ?

MARIE.

Non monsieur.

CHARLES.

Vous avez fait un long voyage ?

MARIE.

Je viens d'Italie.

GERMEUIL.

Où allez-vous ?

MARIE.

A Montmélian.

GERMEUIL.

Qu'allez vous faire dans cette ville ?

MARIE.

Trop faible pour travailler aux champs, je vais me mettre en service.

GERMEUIL.

Vous avez donc à Montmélian votre famille, vos amis ?

MARIE.

Hélas ! je n'ai plus de famille, et des amis, les malheureux en ont ils ?

GERMEUIL.

Vous avez au moins des connaissances ?

MARIE.

Aucune.

GERMEUIL.

Mais comment, sans parens, ni connaissances espérez-vous...

MARIE.

Le ciel, sans doute, monsieur, aura pitié de moi.

GERMEUIL.

Cette pauvre femme m'intéresse !

MARIE.

Mais pardon, je m'aperçois que ma présence nuit à votre plaisir et je vais me retirer.

GERMEUIL.

Vous ne pouvez vous remettre en route dans l'état de faiblesse où vous vous trouvez.

CHARLES.

Sans doute ; vous coucherez ici cette nuit, si toutefois mon père le permet.

DUMONT.

Comment n'es-tu pas le maitre actuellement et quand même !.

MARIE.

Que de bonté !

GERMEUIL.

C'est entendu demain vous serez remise de vos fatigues et vous pourrez continuer votre voyage.

CHARLES.

Pierre tu prépareras une chambre pour cette pauvre femme ; en attendant fais-lui servir sur cette table ce dont elle a besoin.

PIERRE.

Ca suffit.

DUNONT.

Adieu, mes enfans, bonsoir, bonne nuit ; à demain nous recommencerons, entendez-vous ?

TOUS.

Bonsoir ; adieu, bonne nuit. (*Le jour commence à baisser, tout le monde fait ses adieux aux futurs époux et à leurs parens. Pendant ce temps Rémond s'approche de Jeannette et la considérant avec attention semble se rappeler où il l'a vu.*

BERTRAND, *s'en apercevant.*

Qu'as-tu donc à examiner cette femme ?

REMOND.

Rien....

BERTRAND

Cependant...

REMOND.

Oh non, c'est impossible... parbleu je serais curieux de savoir.... (*Marie plongée dans ces réflexions n'a point pris garde à Rémond, Dumont, Germeuil et leurs enfans reviennent en scène.*

SCÈNE XII.

Les Mêmes, excepté les Villageois.

GERMEUIL, *revenant du fond.*

Ah ça ! mes amis parlons un peu de nos affaires, j'aurais voulu terminer aujourd'hui tous nos petits détails d'intérêts.

DUMONT.

Parbleu aujourd'hui, demain c'est une affaire qui ne sera pas longue et nous n'aurons pas de difficulté ; moi, d'abord, suivant nos conventions je cède mon établissement à Charles ; et toi tu donnes à ta fille....

GERMEUIL.

12,000 fr. de dot.

REMOND, *à part.*

Joli denier.

GERMEUIL.

Qui sont renfermés en bons billets de banque dans ce porte-feuille.

REMOND, *à Bertrand.*

Entends-tu ?

BERTRAND.

Oui très-bien, (*depuis ce moment Rémond paraît préoccupé.*)

GELMEUIL.

Et voilà précisement la raison pour laquelle je voudrais en avoir fini ; ce maudit portefeuille me gêne, la crainte de le perdre.

REMOND.

Je lui épargnerai bien cette crainte là moi !

GEMEUIL.

Tandis qu'une fois le contrat signé je remettrai à Charles la dot de sa femme et je serai débarrassé de tout soucis.

CHARLES

Mon père, si j'allais chercher le notaire ?

CLEMENTINE.

Y pensez-vous, mon ami, à Saint-Paul à l'heure qu'il est ! songez donc qu'il y a au moins quatre lieues d'ici.

DUMONT.

Eh bien il prendra la carriole de Germeuil , passera la nuit là bas et demain matin de bonne heure ramènera le notaire avec lui.

GERMEUIL.

Fort bien imaginé !

CLÉMENTINE.

Mais , ne peut-on attendre jusqu'à demain ?

GERMEUIL.

Non , non , c'est entendu ; Pierre , va mettre Cocotte à la carriole.

PIERRE.

J'y cours. A propos , monsieur Charles , avant de partir , voulez vous me donner vos ordres. Où logez vous votre monde ? (*Rémond paraît écouter avec attention.*)

CHARLES.

Monsieur Germeuil , au n° 13. , c'est la plus belle chambre de l'auberge. Clémentine dans la pièce au fond du corridor.

PIERRE , *montrant Marie.*

Et cette pauvre femme ?

CHARLES.

Tu lui donneras la petite chambre près celle de M. Germeuil.

PIERRE.

Fort bien , le n° 8. Ah ça ! et s'il nous arrive des voyageurs ?

CHARLES.

Tu les logeras de l'autre côté , à l'entresol , afin que le bruit ne trouble point le sommeil de nos amis.

PIERRE.

Ça suffit , (*il va pour se retirer*).

CHARLES.

A propos , tiens , voilà le trousseau des doubles clefs , si tu en avais besoin , elles sont numérotées.

PIERRE.

Bon. (*Il rentre.*)

CHARLES.

Maintenant allons tout préparer pour mon départ. (*Charles, Dumont, rentrent, Clémentine va les suivre et engage son père à en faire autant ; mais celui-ci lui fait entendre qu'il veut parler à Marie. Clémentine rentre dans l'auberge*).

SCÈNE XIII.

GERMEUIL , MARIE, REMOND , BERTRAND.

BERTRAND , *à Rémond tandis que Germeuil considère Marie.*
A quoi penses-tu donc ? Tu parais bien préoccupé ?

REMOND.

Ces 12,000 fr. me trottent par la tête !

BERTRAND.

Comment est-ce que tu voudrais ?....

RÉMOND.

Je conçois un projet , suis moi. (*Germeuil revient en scène. Ils entrent dans l'auberge.*

SCÈNE XIV.

GERMEUIL , MARIE.

GERMEUIL , *à part.*

Oui dans cette maison on a besoin de quelqu'un d'honnête , d'entendu , il faut voir si cette femme ferait bien l'affaire de nos jeunes gens.... Elle a passé la première jeunesse..... Questionnons-là ? (*Marie va pour se retirer, Germeuil l'arrête*) Demeurez , je désire vous parler un moment.

MARIE.

Je suis à vos ordres , monsieur.

GERMEUIL.

Comment vous nommez-vous ?

MARIE.

Marie.

GERMEUIL.

Marie , vos manières douces et réservées me font croire que vous n'êtes pas née pour l'état de misère dans lequel vous êtes ?

MARIE.

Hélas ! monsieur, je dois le jour à d'honnêtes cultivateurs. Ils me firent donner une éducation peut-être au-dessus de mon état. Tout dans ma jeunesse semblait me présager un heureux avenir ; mais il est des êtres à qui le malheur semble s'attacher, et la pauvre Marie est de ce nombre.

GERMEUIL.

La mort vous a-t-elle ravi les objets de vos affections ? Aviez-vous un mari ?

MARIE, *avec douleur.*

Un mari !... oui, monsieur.

GERMEUIL.

Et des enfans ?

MARIE.

J'eus un fils !... Je les ai perdus, et avec eux repos, fortune. (*à part*) Et plus encore !

GERMEUIL.

Allons, Marie, consolez-vous. Le ciel peut envoyer quelque adoucissement à vos peines.

MARIE.

Oh ! non , monsieur ; mes maux sont irréparables.

GERMEUIL.

Tout peut se réparer avec une conduite honorable et l'estime des honnêtes gens.

MARIE, *laissant échapper quelques sanglots.*

Hélas !

GERMEUIL.

Mes paroles semblent vous chagriner ! Grand Dieu ! seriez-vous coupable ?

MARIE, *vivement.*

Coupable ? Oh non ! je suis innocente ; j'en prends le ciel à témoin !

GERMEUIL.

Innocente ! Que voulez-vous dire ? Vous aurait-on accusé injustement ?

MARIE, *avec embarras.*

Monsieur...

GERMEUIL.

Expliquez-vous ?

MARIE.

Excusez, mais je ne puis...

GERMEUIL.

Parlez sans crainte, Marie ; ouvrez-moi votre cœur. Peut-être... Vous gardez le silence, alors je n'ai plus rien à vous proposer. Cependant vous êtes malheureuse, vous avez droit à ma pitié ! Tenez, prenez cette bourse , elle contient quelque argent , et pourra suffire à vos premiers besoins.

MARIE, *pleurant toujours.*

Suis-je assez humiliée ?

GERMEUIL.

Prenez, prenez donc !

MARIE.

Non, monsieur, gardez vos secours ; je me retire , pour vous épargner la vue d'une malheureuse !

GERMEUIL.

Où allez-vous ?

MARIE.

Je l'ignore ; mais Dieu qui lit dans les cœurs et qui sait si j'ai mérité tous les maux qui m'accablent, sans doute ne m'abandonnera pas.

GERMEUIL, *attendri.*

Demeurez, Marie, demeurez, je l'exige? Emporté par un mouvement involontaire, je le vois, je vous ai fait de la peine.

MARIE.

De la peine, Oh! oui, beaucoup.

GERMEUIL.

Mais aussi pourquoi refuser de me confier...

MARIE, *pleurant.*

Ah! monsieur!...

GERMEUIL.

Réfléchissez. Je vous le répète, je puis adoucir vos maux, et si demain vous jugez convenable de m'ouvrir votre cœur, vous connaîtrez mes projets. En attendant, prenez ceci; (*il lui offre sa bourse*) et recevez-le, non comme une marque de pitié, mais comme d'un gage de l'intérêt que vous m'inspirez.

MARIE.

J'obéis. (*Elle prend la bourse.*)

GERMEUIL.

Rentrons! Vous m'avez entendu? Demain, je l'espère, vous ne partirez pas avant de m'avoir parlé.

MARIE.

Je vous le promets. (*Comme Germeuil et Marie vont rentrer dans l'auberge, Rémond et Bertrand en sortent. Le premier paraît tellement préoccupé qu'il ne fait pas attention à eux.*)

SCÈNE XV.

REMOND, BERTRAND.

BERTRAND.

Enfin me diras-tu ce que signifie cette étrange conduite, et pourquoi tu viens de louer une chambre pour passer la nuit ici?

REMOND.

Je cherche un endroit isolé, où je puisse te faire part de mes desseins, sans crainte d'être entendu.

BERTRAND.

Nous sommes seuls; tu peux parler?

REMOND.

Te sens-tu le courage de me seconder dans une entreprise périlleuse?

BERTRAND,

C'est selon; de quoi s'agit-il?

REMOND.

De nous approprier les 12,000 francs.

BERTRAND.

Comment! tu veux encore!...

REMOND, *sans l'écouter.*

Tu as vu donner le trousseau des doubles clefs numérotées de toutes les serrures de l'auberge?

BERTRAND.

Oui.

REMOND.

Celle de la chambre de Germeuil doit s'y trouver?

BERTRAND.

Sans doute.

REMOND.

Il faut la soustraire.

BERTRAND.

Après?

REMOND.

Cette nuit, nous nous introduisons chez Germeuil et le précieux porte-feuille est à nous.

BERTRAND.

Mais si, éveillé par le bruit, il allait nous reconnaître et appeler du secours?

REMOND.

Bah ! bah ! Te voilà toujours... Il ne s'éveillera pas !

BERTRAND.

Eh bien... à la bonne heure. Et le trousseau ?

REMOND.

Chut !... J'aperçois le garçon d'auberge. Seconde-moi ?

SCENE XVII.

Les Mêmes, PIERRE.

REMOND.

M. Pierre ! Notre chambre sera-t-elle bientôt prête ?

PIERRE.

Dans l'instant , messieurs, n' vous impatientez pas.

BERTRAND.

Il n'y a rien qui presse.

PIERRE.

C'est que, voyez-vous, j'ai tant d'occupation ici !

REMOND.

Si nous pouvons vous être utile à quelque chose, disposez de nous M. Pierre.

PIERRE.

Oh ! merci ! La jument est atelée à la carriole, et je vais simplement chercher à l'entrée de ce caveau un panier de vin vieux pour les fiançailles.

REMOND, *à part. Bas à Bertrand.*

Occupe-le un moment.

BERTRAND, *prend Pierre à part.*

Savez-vous, M. Pierre, que ce n'est pas très-prudent à votre maître de partir si tard pour aller ainsi seul à quatre lieues d'ici ?

PIERRE.

Vous avez raison. Mais aussi ai-je eu la précaution de placer une bonne paire de pistolets, dans l'une des poches de la carriole.

BERTRAND.

C'est différent !

REMOND, *qui pendant ce dialogue a été retirer, sans que Pierre s'en aperçût, la clef de la porte du caveau, revient près de lui, et prend la parole comme s'il n'avait pas quitté la place.*

Vous avez très bien fait M. Pierre ; car enfin on ne sait pas ce qui peut arriver.

PIERRE, *arrive à la porte du caveau.*

Tiens ! la clef n'y est plus ! qui diable l'aura retirée ?

REMOND.

Qu'avez-vous donc ?

PIERRE.

Rien. C'est la clef de cette porte !...(*il fouille dans ses poches.*)

REMOND.

On vous a pris une clef !

PIERRE.

Bah ! pris ! N'y a rien à voler par là ! J' la retrouverai dans un aut' moment. J' vais chercher l' trousseau. (*Il entre dans l'auberge*).

REMOND.

Attention ! Tu m'as compris... Il va nous apporter les clefs.

BERTRAND.

N'oublies pas !... n° 13...

REMOND.

Sois tranquille... Le voilà... Silence !..

PIERRE, *revenant avec le trousseau ; il regarde les étiquettes.*

Clef du caveau ! C'est celle-ci. *Il va pour se servir de la clef sans la retirer du trousseau la clef ne peut tourner. Eh bien donc ! Il retire la clef du trousseau et le place sur la table, près de la porte ; puis il va ouvrir la porte du caveau et entre.*

REMOND, *courant s'emparer du trousseau.*

Ne perdons pas une minute.

BERTRAND.

C'est le n° 13.

REMOND, *regarde les étiquettes.*

10... 11... 13 ! la voilà !

BERTRAND.

Vite !

REMOND, *il retire la clef du trousseau.*

Je la tiens !

PIERRE, *qui reparaît.*

Quoi ! la clef ?...

RÉMOND, *embarrassé.*

La clef !... Oui... oui... je l'ai retrouvée.

PIERRE.

Où était-elle donc ?

REMOND, *se remet et lui rend la clef du caveau.*

Sur cette table, la voilà.

PIERRE, *s'en allant.*

Bien obligé.

BERTRAND.

N'y a pas de quoi ? (*le rappelant*) Et votre trousseau que vous oubliez là, monsieur Pierre ?.

PIERRE.

C'est vrai. Etourdi que je suis. J' vas prevenir M. Charles. (*Il rentre dans l'auberge*).

SCÈNE XVI.

REMOND, BERTRAND.

REMOND.

Enfin nous la tenons !

BERTRAND.

On vient !

REMOND.

Silence !

SCÈNE XVII.

(Les Mêmes, GERMEUIL, DUMONT, CLEMENTINE, CHARLES, MARIE, PIERRE, Garçons d'auberge, portant des flambeaux. Tandis que Charles fait ses adieux à tout le monde, Pierre sort et reparait derrière la haie, amenant la carriole.)

CHARLES.

Adieu, mes amis. Bonne nuit.

TOUS.

Bon voyage, bon voyage. (*Charles monte dans la carriole. Chacun se groupe pour le voir partir. Remond et Bertrand semblent exprimer par leurs regards l'impatience qu'ils ont d'exécuter leur projet. La carriole part.*)

FIN DU PREMIER ACTE.

ACTE II.

Le théâtre représente la grande salle de l'auberge des Adrets. A droite de l'acteur un escalier qui monte à une galerie, qui traverse le théâtre dans toute sa largeur ; sur cette galerie donnent les portes des chambres, ces portes sont numérotées, le n⁰ 13 est au milieu. A gauche de l'acteur au rez de chaussée au premier plan ; la porte qui conduit à la cuisine ; du même côté, au deuxième plan, une porte conduisant à l'extérieur. Au fond, au milieu sous la galerie, la porte d'entrée principale. A gauche de cette porte une autre porte : c'est celle de la chambre occupée par Rémond et Bertrand.

SCÈNE PREMIÈRE.

REMOND , BERTRAND.

(Ils sortent du n⁰ 13 et donnent tous deux des signes du plus grand effroi, ils regardent si personne ne peut les apercevoir et descendent.)

BERTRAND.

Eh vite, regagnons notre chambre.... le jour va bientôt paraître...si nous étions aperçus !

REMOND.

Tout le monde dort.

BERTRAND.

Es-tu bien sûr que cette femme qui couche près de la chambre de Germeuil ne nous a pas entendu ?

REMOND.

Eh non !

BERTRAND, *sentiment d'épouvante ,*

Oh mon Dieu ! je n'ai pas une goutte de sang dans mes veines.

REMOND.

Oui, c'est fâcheux ! mais que veux-tu ?

BERTRAND.

Si tu voulais m'en croire, avant que personne fût levé , nous quitterions cette auberge, nous n'avons plus rien à y faire puisque tu tiens les 12,000 fr.

REMOND.

Notre fuite nous accuserait , restons.

BERTRAND, *avec inquiétude.*

J'entends marcher.

REMOND.

Viens nous partagerons dans notre chambre. (*Tous deux entrent dans leur chambre.*)

SCÈNE II.

MARIE , seule.

(Elle paraît sur la galerie à droite et descend lentement. Le jour commence à paraître.)

MARIE.

Personne n'est encore levé, le moment est favorable, quittons cette au-

berge, avant que M. Germeuil soit descendu : il redoublerait d'instances...
Oh non , plutôt que de me couvrir de honte et d'opprobre , fuyons ; qu'il
ignore à jamais les malheurs de la pauvre Marie , si je pouvais sortir sans
faire de bruit. (*Elle va à la porte du fond qu'elle trouve fermée , apercevant
celle qui donne à l'extérieur , elle cherche à l'ouvrir. Pierre paraît sur la
galerie à gauche , il achève de s'habiller*).

SCÈNE III.

MARIE, PIERRE sur la galerie.

PIERRE.

Il fait à peine jour ! il me paraît que je me suis levé de bonne heure
aujourd'hui. (*Il regarde dans la salle*) tiens qui donc est là bas ? je ne me
trompe pas, c'est cette femme à qui nous avons donné l'hospitalité hier ;
que diable fait-elle là ? (*Il descend doucement*).

MARIE , *qui a cherché à ouvrir la porte qui donne à l'extérieur.*

Je ne pourrai jamais ouvrir cette porte.

PIERRE.

Et quoi bon l'ouvrir ?

MARIE , *surprise.*

Ah !

PIERRE.

Où voulez-vous aller, si matin ? je croyais que vous aviez promis à
M. Germeuil de ne pas partir avant de lui avoir parlé.

MARIE.

C'est vrai, aussi n'avais-je nullement l'intention... j'allais... j'allais seulement prendre l'air, la chambre où j'ai couché est si petite.

PIERRE.

Ah ça ! il me semble que celle-ci est assez grande, pour qu'on y respire à
son aise : qu'est-ce que cela signifie ? on n'ouvre pas comme ça les portes,
avant que les gens soient levés.

MARIE.

Pardon !

PIERRE.

Not' mait' finira par être la dupe de sa bonté. Il donne asile à tout le
monde, et reçoit souvent des mendians paresseux qui seraient bien obligés
de travailler si on ne leur donnait rien.

MARIE , *pleurant.*

Encore une humiliation ! Malheureuse ! (*Elle prend son mouchoir pour
essuyer quelques larmes et laisse tomber de sa poche la bourse que lui a
donné Germeuil.*)

PIERRE , *la ramassant.*

Que vois-je ? Une bourse qui contient de l'or ?

MARIE , *vivement.*

Elle est à moi.

PIERRE.

Ah ! ah ! il me paraît alors que vous n'êtes pas si misérable que vous en
avez l'air ? (*Il rend la bourse à Marie. On entend frapper à une porte éloignée.*)
Tiens ! qu'est-ce qui nous arrive donc si matin. On y va , on y va. (*Il sort
en courant*).

SCÈNE IV.

MARIE assise , RÉMOND, BERTRAND.

BERTRAND, *sortant de sa chambre.*

D'où vient ce bruit, saurait-on déjà...

RÉMOND.

Eh non, poltron. (*Il aperçoit Marie*) Eh mais dis donc ? n'est-ce pas là
cette femme....

BERTRAND.

Que tu crus reconnaître hier? Oui, c'est elle.

REMOND.

Avançons. Il faut que j'éclaircisse mes soupçons. (*Ils approchent.*)

MARIE, *assise.*

Fatale prévention qu'inspire la misère; on croit le malheureux capable de tous les crimes !

REMOND, *à Marie.*

Vous paraissez affligée. D'où vient votre peine ? (*Marie soupire sans répondre*) Vous vous taisez; vous avez tort : quelquefois, sans le savoir, on se trouve en pays de connaissance.

MARIE, *avec inquiétude.*

Ciel ! me connaîtriez-vous ?

REMOND.

Je ne dis pas cela ! Cependant au premier aspect, le son de votre voix, la taille, quelques traits semblaient me rappeler...

MARIE, *inquiète.*

Qui donc ?...

REMOND.

Connaissez-vous Grenoble ?

MARIE.

Grenoble !

REMOND.

Je l'habitai quelque temps... Et vous ?

MARIE, *indécise.*

Moi ?...

REMOND.

N'y demeurâtes-vous jamais ?

MARIE, *embarrassée.*

Il est vrai que...

REMOND.

C'est vrai ! (*à part*) Je ne me trompe pas. (*haut*) N'y connûtes-vous pas, il y a environ dix-huit à dix-neuf ans... c'est de vieille date, un nommé Robert Macaire ?

MARIE.

Grand Dieu ! Quel nom avez-vous prononcé ?

REMOND.

Celui de votre époux !

MARIE.

Silence ! Ne répétez pas le nom d'un monstre qui fit le malheur de ma vie.

REMOND.

Cela se voit tous les jours ! (*bas*) C'est elle ! c'est ma femme !

BERTRAND.

Ta femme ! peste soit de la rencontre. Si elle allait te reconnaître ?

REMOND.

Ne crains rien !

MARIE.

Me direz-vous, comment vous savez...

REMOND.

Le hasard seul... Notre liaison dura peu. C'était un assez mauvais sujet, dont par parenthèse, le ciel a pris soin de vous débarrasser, depuis deux ans.

MARIE.

Il est mort !

REMOND.

Embarqué sur un vaisseau, il a péri avec tout l'équipage.

MARIE.

Mon Dieu! pardonne-lui tous les maux qu'il m'a fait souffrir !

BERTRAND, *à part*

Brisons là ! Je crains la reconnaissance. (*haut*) Tu vois bien que tu affliges cette pauvre femme. C'est pas l'embarras, une femme qui perd un mari de cette trempe, est bientôt consolée.

MARIE.

Il n'est donc plus !... Ah ! fallait-il que le souvenir de ce monstre me poursuive jusque dans ces lieux ! (*Elle remonte*).

BERTRAND.

Elle s'en va...

REMOND.

Laisse-la aller, que veux-tu que j'y fasse ?

BERTRAND.

Allons, viens...

REMOND.

Un moment...

BERTRAND.

Est-ce que tu ne crains pas...

REMOND.

Sois tranquille, on ne s'est encore aperçu de rien.

BERTRAND.

En ce cas, déjeûnons tout de suite , et nous partirons après. Je voudrais être déjà loin !

REMOND.

Garçon !

BERTRAND.

Holà ! Monsieur Pierre !

SCÈNE V.

Les Mêmes, PIERRE.

PIERRE, *dans la coulisse.*

Voilà ! voilà ! (*il paraît*) Ah ! ah! déjà levés, messieurs ! Est-ce que vous auriez passé une mauvaise nuit ?

REMOND.

Pas trop mauvaise !

PIERRE.

Tant mieux ! C'est vous qui m'appeliez? Je vous demande pardon de vous avoir fait attendre.

BERTRAND.

Il n'y a pas de mal, monsieur Pierre !

PIERRE.

C'est que, voyez-vous, je fesais mettre à l'écurie les chevaux des trois cavaliers qui viennent d'arriver.

BERTRAND.

Des cavaliers ?

PIERRE.

Oui , des dragons ?

BERTRAND, *avec effroi.*

Des dragons !

PIERRE.

Tiens ! on dirait que ça vous fait peur ?

BERTRAND.

Moi ? Ah ! par exemple !... Que viennent-ils faire ici ?

PIERRE.

Ils viennent d'abord pour déjeûner , et puis...

REMOND , *l'interrompant.*

Et que t'importe ce qu'ils viennent faire ? Nous, aussi, nous voulons déjeûner... monsieur Pierre ?

PIERRE.

Dans l'instant. (*Il va pour s'en aller et revient*) C'est que , voyez-vous, il me demandait...

REMOND.

C'est bon ! c'est bon !

BERTRAND.

Que le diable l'emporte, avec ses dragons ! (*Pierre va préparer le couvert.*)

REMOND, *bas à Bertrand.*

Tes craintes sont capables de nous trahir.

SCÈNE VI.

Les Mêmes, ROGER, deux Dragons.

PIERRE, *occupé à mettre le couvert.*

Ah ! monsieur Roger, vous avez mis vos chevaux à l'écurie ?

ROGER.

Oui, ils déjeûnent. C'est notre tour maintenant. Pierre, du jambon ? (*à ses gens*) Il est excellent ici !

PIERRE.

J' vas vous servir ça.

ROGER.

Surtout ! de bon vin !

PIERRE.

Soyez donc tranquille ! Les pratiques ont du meilleur. Tenez, mettez-vous là. Vous déjeûnerez avec ces messieurs.

BERTRAND.

Peste soit des convives ! Je me serais bien passé de l'honneur !

ROGER, *à part regardant Remond et Bertrand.*

J'ai vu ces gens là quelque part, Pierre ?

PIERRE.

Plait-il ?

ROGER, *bas à Pierre.*

Connais-tu ces deux hommes ?

PIERRE.

Ce sont deux voyageurs qui ont passé la nuit ici.

BERTRAND.

Comme il nous examine.

ROGER.

En effet !... je les reconnais ; je les ai rencontrés hier sur la route.

PIERRE.

Ce sont de braves gens, ben honnêtes, ben tranquilles.

ROGER.

Il suffit. Il ne faut pas toujours juger les gens sur l'apparence. (*Pierre achève de mettre le couvert.*)

REMOND.

Je ne me trompe pas. C'est le sous-officier qui nous a si bien toisés hier, tandis que nous lui montrions nos passeports.

BERTRAND.

Au diable la rencontre !

REMOND.

Payons d'audace !

PIERRE.

Vous êtes servis, messieurs !

ROGER, *à Rémond.*

Vous voulez bien permettre ?

REMOND.

Hein ! comment ! avec plaisir... Allons, à table ! (*Bertrand se tient à l'écart dans un coin du théâtre. Les cavaliers, Rémond fait les honneurs à Roger, et fait signe à Bertrand qui ne vient qu'avec répugnance ; ce dernier, placé entre deux cavaliers, n'a pas l'air d'être fort à son aise.*)

PIERRE, *apporte du vin.*

Il y a long-temps qu'on ne vous a vu ici, monsieur Roger ?

ROGER.

Le pays est tranquille ! sans deux coquins échappés de prison. (*Remond écoute avec audace ; Bertrand fait un mouvement.*) Et qui, dit-on, se sont réfugiés dans la forêt, je crois que nous ne serions pas venu de long-temps.

PIERRE.

Comment! on croit que ces échappés se cachent dans la forêt?

ROGER.

Oui ; et j'ai reçu l'ordre d'y faire une battue et de m'assurer de tous ceux qui me paraîtraient suspects.

PIERRE.

Ah! monsieur Roger, dépêchez-vous de prendre ces coquins là! car je suis capable...

ROGER.

D'aller les arrêter toi-même ?

PIERRE.

Les arrêter! moi! Ah ben! vous ne me connaissez guères. Je vous disais que j'étais capable, (vous ne m'avez pas laissé achever) capable de ne pas pouvoir dormir de peur, tant que je les saurai dans la forêt.

ROGER.

Est-ce que tu serais poltron ?

PIERRE.

Ma foi, entre nous, je ne me crois pas trop brave!

SCÈNE VII.

Les Mêmes, DUMONT, CLÉMENTINE, ils descendent

PIERRE.

Ah! v'là not' maître et mamzelle Clémentine.

ROGER.

Bonjour, Dumont.

DUMONT.

Ah! bonjour mon ami; vous voila en bonne disposition ?

ROGER.

Comme vous voyez. Et vous, toujours joyeux ?

DUMONT.

Je le crois bien ; vraiment, un jour de noce.

ROGER.

Comment! Qui est-ce qui se marie donc, ici ?

DUMONT.

Charles, mon fils, qui épouse mademoiselle. (*Il montre Clémentine.*)

ROGER.

Je lui en fais mon compliment! Où est donc le futur? je ne l'ai pas encore vu!

DUMONT.

Il est allé à quatre lieues d'ici, chercher le notaire. Sans doute il ne tardera pas à venir.

PIERRE, *en dehors.*

Not' maître! not' maître! v'là M. Charles; j'aperçois la carriole. (*Dumont et Clémentine vont à la porte. Roger les suit, ainsi que les deux cavaliers. Rémond et Bertrand profitent du moment pour se lever de table*).

BERTRAND, *à Rémond.*

Tu l'as entendu? Nous sommes poursuivis! nous n'avons pas de temps à perdre. Fuyons!

RÉMOND.

Regagnons d'abord notre chambre. Dans quelques instans nous appelerons Pierre, nous compterons avec lui, et nous tâcherons de partir sans être aperçus. (*Ils rentrent dans leur chambre.*)

SCÈNE VIII.

DUMONT, CLÉMENTINE, MARIE, ROGER, CHARLES, le Notaire, les deux Cavaliers.

ROGER, *à Charles.*

Allons donc, allons donc, est-ce qu'un marié doit se faire attendre.

CHARLES.

Ce n'est pas ma faute. Nous sommes partis avant le jour ; mais les chemins de traverse sont si mauvais ! Au surplus, il parait qu'il n'y a pas de temps de perdu, car M. Germeuil n'est pas descendu encore.

PIERRE ET CLEMENTINE.

C'est vrai !

DUMONT.

Notre ami reste tard au lit, aujourd'hui ! Oh ! dame on n'est pas toujours jeune. La paresse nous gagne avec les années. Attendons donc quelques minutes, et s'il ne descend pas, nous irons l'éveiller.

CHARLES.

C'est cela !

ROGER.

Vous êtes un heureux mortel, mon cher Charles. Votre future est charmante ! (*On entend une ritournelle*)

CLEMENTINE.

Que nous arrive-t-il là ?

DUMONT, *regardant.*

Ce sont nos parens et nos amis qui viennent pour signer au contrat.

CHARLES, *au notaire, lui montrant la table.*

Tenez , M. le notaire, placez vous toujours ici.

SCÈNE IX.

Les Mêmes. Villageois , villageoises.

(*Ils sont tous parés. Dumond et Charles leur font des amitiés. Pendant ce temps Marie qui est redescendue pendant la fin de la scène précédente , regarde si l'on fait attention à elle.*)

MARIE, *à part.*

Personne n'a les yeux sur moi, éloignons-nous.... (*Elle gagne doucement la porte , et comme elle va sortir, elle se trouve vis-à-vis de Roger, qui se dérange pour la laisser passer en l'examinant*).

SCÈNE X.

Les mêmes, excepté MARIE.

DUMONT.

Mais un moment, et Germeuil , il ne descend pas ? Il est près de huit heures.

CLEMENTINE.

S'il était indisposé ?

CHARLES.

Vous avez raison , je cours moi-même.... (*Il monte à la chambre de Germeuil.*)

DUMONT.

Il est peut-être sorti sans prévenir ?

PIERRE.

Pas possible ! car c'est moi qui ai ouvert la porte , et je n'ai pas bougé d'ici depuis.

CHARLES, *écoutant à la porte de Germeuil.*

Il me semble entendre des gémissemens.

DUMONT.

Pierre, tu as le trousseau des doubles clefs, donne vite celle de sa chambre.

PIERRE.

Dans l'instant, monsieur, (*il cherche au trousseau.*) Tiens.... C'est singulier.... elle n'y est pas.

CLEMENTINE.

Comment faire ?

CHARLES.

Je vais en foncer la porte.

CLÉMENTINE.

Je vous suis ; (*Tous trois montent à la chambre, enfoncent la porte, et entrent dans la chambre, aussitôt on entend un cri perçant.*)

SCÈNE XI.

DUMONT, ROGER, le Notaire, etc., etc.

DUMONT.

Grand Dieu ! d'où vient ce cri !

SCÈNE XII.

Les Mêmes, CLÉMENTINE.

CLÉMENTINE, *sort égarée du corridor.*

Monsieur Dumont. Mon père est assassiné.

TOUS.

Assassiné ! (*Effroi général. Clémentine vient tomber évanouie près de la table, on lui prodigue des secours.*)

SCÈNE XIII.

Les Précédens, CHARLES, PIERRE.

CHARLES.

O crime horrible ! M. Germeuil est percé de plusieurs coups et baigné dans son sang. (*Plusieurs des parens et amis montent rapidement. Clémentine veut courir près de son père, on la retient rapidement, elle s'évanouit, on l'emporte*).

DUMONT, *court à la galerie, Roger le retient.*

ROGER.

Quel événement affreux ! Lui connaissiez-vous des ennemis ?

DUMONT.

Aucun ! Il ne vivait que pour faire du bien.

CHARLES, *descendant.*

Nul doute qu'il n'ait été la victime des scélérats qui l'ont volé. Voilà son portefeuille ouvert près de lui....

DUMONT.

Et les douze mille francs....

CHARLES.

N'y sont plus.

ROGER.

Soupçonnez-vous quelqu'un ?

DUMONT.

Personne.

PIERRE, *après un moment de réflexion.*

Attendez.... Moi j'ai des soupçons.

TOUS.

Sur qui ?

PIERRE.

Sur cette femme à qui nous avons donné l'hospitalité hier.

DUMONT.

Qui Marie.

PIERRE.

C'est ça !

ROGER.

N'est-ce pas une femme dont les vêtemens semblaient annoncer la misère ?

TOUS.

Précisément !

ROGER.

Je viens de la voir sortir dans l'instant. Elle se dirigeait de ce côté.

L'auberge des Adrets.   4

PIERRE.

Monsieur Dumont, monsieur Roger, ordonnez qu'on coure sur ses traces, et qu'on la ramène ici sur-le-champ.

DUMONT.

Qui peut te faire présumer....

PIERRE.

Je m'expliquerai plus tard, avant tout qu'on la poursuive.

ROGER , *à un de ses cavaliers et aux paysans.*

Ne perdez point de temps mes amis. (*Ils sortent en courant sur les traces de Marie. De temps en temps on voit Pierre et d'autres personnes monter, descendre et porter des secours. Dumont monte à la chambre.*)

SCÈNE XIV.

Les Mêmes, un Dragon.

ROGER , *à Pierre.*

Maintenant explique-toi.

PIERRE.

Volontiers! Ce matin, à la pointe du jour, comme je sortais de ma chambre, cette femme fesait tous ses efforts pour ouvrir cette porte. En me voyant elle fut déconcertée, et puis elle répondit à mes questions d'un air, qui enfin.... ça m' donna.... Bien sûr que son air n'était pas naturel. Comme je l'engageais à attendre, pour s'en aller, le réveil de M. Germeuil à qui elle avait promis de parler, elle a versé quelques larmes ; et en tirant son mouchoir pour les essuyer une bourse contenant de l'or est tombée de sa poche.

TOUS.

Se peut-il !

PIERRE.

Il y a dans tout ça quelque chose qui n'est pas clair. Une malheureuse que l'on a relevée hier mourant de besoin, sans le sou, et qui a aujourd'hui de l'or !

ROGER.

En effet! et d'ailleurs pourquoi cet empressement à fuire cette maison ?

DUMONT.

A qui se fier, désormais !

ROGER.

Il est de mon devoir de prendre sur cette affaire tous les renseignemens possibles. (*Au dragon.*) Dressez le procès-verbal, (*à Pierre*) n'y a-t-il que cette femme qui ait passé la nuit à l'auberge.

PIERRE.

Pardonnez-moi ! nous avons encore logé deux voyageurs. Vous avez déjeûné avec eux.

DUMONT.

Qu'on les fasse venir !

PIERRE.

Ils sont sans doute dans leur chambre, je vais les chercher, (*Il va à leur chambre et frappe à la porte. Dumont revient avec eux.*)

CHARLES , *avec anxiété.*

Eh bien !

DUMONT.

Toujours dans le même état. Il ne donne encore aucun signe d'existence.

SCÈNE XV.

Les Mêmes, REMOND, BERTRAND, (*Pierre frappe à leur porte.*)

REMOND , *en dedans, à Pierre.*

Que voulez-vous ?

PIERRE.

C'est monsieur le maréchal-des-logis qui désirerait vous parler.

BERTRAND , *bas à Rémond.*

Serions-nous découverts ?

REMOND.

Tais-toi. (*Ils descendent. A Roger ,*) de quoi s'agit-il ?

ROGER.

Un assassinat a été commis dans cette maison , je dois m'assurer que tous ceux qui s'y trouvent sont en règle.

REMOND.

C'est juste ; mais qui donc a été la victime ?

DUMONT.

Le malheureux Germeuil !

REMOND.

Quoi ce vieillard respectable !.... Ah les auteurs d'un tel crime sont des monstres !

ROGER.

Vos passeports ?

REMOND , *avec assurance.*

Voici le mien.

ROGER.

Vous vous nommez ?

REMOND.

Rémond.

ROGER.

Où allez-vous ?

REMOND.

A Lausanne.

ROGER , *après avoir examiné le passeport.*

Fort bien (*A Bertrand,*) le vôtre. (*Bertrand hésite.*) Est-ce que vous n'en avez pas ?

BRTRAND.

Pardonnez-moi.

REMOND , *avec humeur.*

Hé bien donne-le donc , puisqu'on te le demande !

BERTRAND.

Le voici... vous l'avez déjà vu hier.

ROGER , *l'examinant.*

Il n'y a rien à redire à ces papiers, ils sont fort en règle.

BERTRAND , *à part.*

Ouf, je respire ! (*à Rémond*) eh bien partons-nous ? (*On entend un grand bruit en dehors.*)

REMOND.

Nous partons, messieurs....

ROGER.

Vous ne pouvez vous éloigner encore ; jusqu'à ce que l'enquête soit terminée personne ne peut quitter cette maison.

BERTRAND.

Aie , aie, aie.

REMOND.

C'est juste.

PIERRE , *qui a été regarder.*

On ramène Marie.

SCÈNE XVI.

Les Précédens, MARIE.

MARIE.

Au nom du ciel ! que me veut-on ? (*Elle regarde autour d'elle*) pourquoi cet appareil !

DUMONT.

Approchez malheureuse et tâchez de vous disculper du crime dont on vous accuse ?

MARIE.

Et de quel crime voulez-vous parler?

ROGER.

M. Germeuil a été assassiné.

MARIE.

Et c'est moi qu'on soupçonne?

TOUS.

Oui, vous.

REMOND, à part.

Heureux hasard !

MARIE.

Mon Dieu , je n'ai donc pas encore épuisé ta colère !

ROGER.

Qu'avez-vous à répondre.

MARIE.

Monsieur, j'ignore comment j'ai pu faire naître de si terribles soupçons; mais je jure devant Dieu que je suis innocente.

PIERRE.

Jurerez-vous aussi que ce matin vous ne possédiez pas de l'or?

MARIE.

Je possédais ce matin et je possède encore quatre louis qui sont renfermés dans cette bourse, que m'a donné M. Germeuil.

ROGER.

Vous ? à quel titre ? pourquoi ? il vous connaissait donc depuis long-temps?

MARIE.

Je le vis hier pour la première fois.

ROGER.

Sans vous connaître il vous a donné une somme aussi forte en y ajoutant le don de sa bourse?

MARIE.

Je vous ai dit la vérité.

ROGER.

Il suffit !

REMOND.

Cette femme n'occupait-elle pas une chambre près de celle de M. Germeuil?

PIERRE.

Oui.

REMOND.

Alors il est impossible qu'elle n'ait pas entendu le bruit; et dans ce cas, les indices qu'elle pourrait fournir faciliteraient la découverte des assassins.

PIERRE.

Vous avez raison.

BERTRAND, bas à Rémond.

Que fais-tu ?

REMOND, de même.

J'éloigne les soupçons.

ROGER, à Marie.

En effet, on n'a pu s'introduire dans l'appartement du malheureux Germeuil sans que vous ayez entendu quelque bruit.

MARIE.

Je vous jure que je n'ai rien entendu. (Joie de Bertrand et de Rémond.)

ROGER.

Est-il vrai que ce matin , Pierre vous a surprise essayant d'ouvrir cette porte pour vous en aller.

MARIE.

Oui , monsieur.

PIERRE.

Ah ! ce n'était donc pas pour prendre l'air comme vous me l'aviez dit ?

DUMONT.

Pourquoi cet empressement à fuir d'une maison où vous aviez été accueillie avec tant de bonté.

MARIE, *embarrassée.*

La crainte de gêner.

PIERRE.

Mauvaise raison-vous, aviez promis à ce pauvre M. Germeuil de ne pas quitter sans lui parler.

MARIE, *de même.*

Il est vrai.... mais je l'avais oublié.

PIERRE.

Ah ! oui, et tout à l'heure l'aviez-vous encore oublié ? vous étiez partie, et juste comme on s'étonnait de ne point le voir. (*Marie reste confondue.*)

ROGER.

Il suffit qu'on s'assure de cette femme.

REMOND ET BERTRAND.

Nous sommes sauvés.

MARIE.

Grand Dieu ! vous pourriez me croire capable... (*à Dumont*) Homme généreux et vous vertueux Charles j'embrasse vos genoux ! ne souffrez pas...

DUMONT, *la repoussant.*

Eloignez-vous ! Votre présence me fait....

MARIE.

Malheureuse !

ROGER.

Votre nom?

MARIE.

Marie Beaumont.

DUMONT.

Marie Beaumont ! vous vous nommez dites-vous, Marie Beaumont ?

MARIE.

Oui, monsieur.

DUMONT.

Grand Dieu ! n'avez-vous jamais eu d'enfans ?

MARIE.

Hélas ! j'eus un fils.

DUMONT.

Un fils !.... et qu'est-il devenu ?

MARIE.

Je l'ignore, un sort cruel me força de l'abandonner dans une auberge.

CHARLES.

Quel soupçon !

DUMONT.

Marie, vous avez déjà habité Grenoble ?

MARIE, *hésitant.*

Monsieur....

DUMONT.

Ah ! répondez !

CHARLES.

Répondez, je vous en conjure !

MARIE.

Eh bien, il est vrai qu'autrefois....

DUMONT.

Vous étiez détenue dans les prisons de cette ville ?

MARIE.

Monsieur, vous sauriez ...

DUMONT.

A cette époque aussi comme en ce moment vous étiez accusée ?

MARIE, *fondant en pleurs.*

Alors, comme aujourd'hui, j'étais innocente.

CHARLES.

Plus de doute, c'est elle!

MARIE.

Mais pourquoi ces questions? cet enfant dont vous me parlez, sauriez-vous! Oh je vous le demande comme une grâce, dites-moi si mon fils respire encore.

DUMONT.

Oui pour son malheur.

MARIE.

Ne m'abusez pas? où est-il que je le presse sur mon cœur!

DUMONT, *à Charles qui est prêt à se trahir.*

Arrête, Charles.

MARIE.

Ne le retenez pas! laissez-le parler!

CHARLES, *avec entraînement*

Ma mère! (*Marie jette un cri et se précipite dans les bras de son fils.*)

TOUS.

Sa mère!

RÉMOND, *à Bertrand.*

Qu'entends-je! C'est mon fils!

DUMONT, *à Charles.*

Qu'as-tu fait, Charles?

TOUS.

Sa mère?

CHARLES.

Oui! M. Dumont n'est pas mon père; je ne fus jamais qu'un malheureux objet de sa pitié.

MARIE, *accablant Charles de caresses.*

Mon fils! mon cher fils!

CHARLES.

Grand Dieu! était-ce ainsi que vous deviez me la rendre!

MARIE.

Madame, il faut me suivre?

CHARLES.

Ah! monsieur Roger! c'est ma mère! Avant de la livrer à la justice, laissez-moi tout employer pour connaître la vérité!

ROGER.

Je ne sais si je dois...

MARIE.

Ne craignez pas que je cherche à fuir de ces lieux, où j'ai retrouvé mon fils.

SCÈNE XVII.

Les Mêmes, Un Dragon.

LE CAVALIER, *il lui remet un ordre.*

Maréchal des logis? (*Roger prend la lettre et lit bas, et à mesure qu'il lit il regarde Rémond, Bertrand et les passeports qu'il tient encore. Puis il finit par parler à l'oreille du cavalier qui lui apporte la lettre.*)

BERTRAND, *bas à Rémond.*

Qu'est-ce que cela signifie!

RÉMOND.

Rien. (*Le cavalier sort.*)

SCÈNE XVIII.

Les Mêmes, excepté le Dragons.

ROGER.

Assurez-vous de ces deux hommes?

BERTRAND.

RÉMOND.

ROGER.

Ecoutez. (*il lit*). « Le maréchal des logis Roger, a ordre d'arrêter partout
« où il les trouvera, deux hommes échappés des prisons de Lyon, qui,
« munis de faux passeports, voyagent, l'un sous le nom de Bertrand et
« l'autre sous celui de Rémond; mais le premier n'est autre que Jacques
« Strobe, et le second Robert Macaire.

MARIE, *à part*

L'ai-je bien entendu ?

ROGER, *continuant :*

« Ce dernier cache une partie de sa figure sous un bandeau. » (*Roger
s'approche de lui et lui arrache.*)

MARIE, (*le reconnaissant.*).

Dieu ! c'est lui ! (*elle tombe évanouie.*) Tableau.

ACTE III.

*Le théâtre représente une cour de l'auberge, à gauche
un pavillon, à droite une grange avec un grenier au-
dessus. Sur le toit une fenêtre avec une poulie pour
monter les fourrages; au-rez-de chaussée, une petite
fenêtre grillée donnant dans la grange. Dans le fond
un mur. Au milieu une petite porte donnant dans la
forêt.*

SCÈNE PREMIÈRE.

ROGER, PIERRE, Gardes.

(*Au lever de la toile, Roger est près du pavillon avec les deux gardes. Il
ferme la porte à double tour.*)

PIERRE.

Dieu merci, v'là not' auberge changée en prison.

ROGER.

Les ferrures sont solides ?

PIERRE.

J' vous en réponds.

ROGER, *à l'un des cavaliers.*

Maintenant à cheval, et ventre-à-terre, jusqu'à la brigade. Vous rame-
nerez avec vous, quatre cavaliers pour notre escorte. (*Le cavalier sort.*)

PIERRE.

Oh ! il est bien là dans le pavillon ce Robert Macaire, qui fesait le
borgne tantôt; et qui avait d'aussi bons yeux que moi; et son camarade
c'et' autre qui est si laid; y n'est pas mal à l'ombre au fond de cette
grange, dans la petite chambre grillée qui ressemble plus à un cachot qu'a
tout autre chose.

ROGER, *au garde.*

M. Germeuil est enfin revenu du long évanouissement que la perte de son sang avait causé... Mais frappé presque dans son sommeil, il n'a rien pu voir, reconnaître personne. Marie, cependant, reste libre dans la maison à la prière de son malheureux fils.... seulement qu'elle ne paraisse point au dehors. (*Il regarde encore le pavillon et la grange.*)

PIERRE.

Oh! n'y a pas d' tentatives à craindre, allez.

ROGER, *à un cavalier.*

Vous, retournez à la porte principale, et que personne ne puisse entrer ou sortir. (*Le deuxième cavalier sort.*)

PIERRE.

Eh bien ! en v'là-t-il des événemens depuis hier. Un assassinat, qui, un peu plus, changeait la nôce en enterrement ; deux honnêtes gens qui sont des coquins*; qui diable, aussi, se serait douté que c'te mam'selle Marie.... avec tout ça, si elle était innocente, ça s'rait tout de même ben mal à moi.

ROGER.

Tout ceci s'éclaircira, maintenant je vais achever mon procès-verbal. (*Il sort.*)

SCÈNE II.

PIERRE, seul.

Voyez un peu, comme on est trompé, moi qui avait tant de confiance en ces.... C'est fort heureux qu'ils ne nous aient rien volé. En quelque sorte même, c'est très-bien de leur part : car s'ils avaient voulu.... enfin hier n'ont-ils pas eu pendant quelques minutes entre les mains le trousseau de toutes les doubles clefs de la maison ? Bien certainement il leur eut été facile d'en escamoter.... et pendant que nous dormions.... Eh mais.... quelle idée.... La clef de la chambre de M. Germeuil a disparu !... si c'était !... des gens comme ça, c'est capable de tout.... et moi qui ai accusé !... Ah ! mon Dieu !... mais avant de parler faut s'assurer.

SCÈNE III.

PIERRE, CHARLES, DUMONT.

PIERRE.

V'là ce pauvre M. Charles avec son père, qui n'est plus son père... a-t-il l'air triste. Eh ben ! M. Dumont et ce pauvre M. Germeuil ?

DUMONT.

Le médecin a une lueur d'espoir.... on pense que la vue de sa fille lui fera du bien. Il a demandé à la voir ! elle est maintenant près de lui.

PIERRE.

Pauvre cher homme, pourvu qu'il en revienne ?

DUMONT.

Si quelqu'un nous demandait ; nous restons pour respirer un moment.

PIERRE, *à Dumont.*

Oui, monsieur. (*à part*) Je vais en même temps éclaircir mes doutes. (*Il sort.*)

SCENE IV.

DUMONT, CHARLES.

DUMONT.

Charles, je t'en conjure ; ne te livre point à ce sombre désespoir.

CHARLES.

Ah ! monsieur, qu'exigez-vous de moi ?

DUMONT.

Monsieur !.... quel est ce titre ? ne suis-je donc pas ton père ?

CHARLES.

Ai-je encore le droit de vous appeler ainsi ?

DUMONT.

Tu l'auras toujours.

CHARLES.

Ciel impitoyable qui ne m'a rendu ma mère que pour me ravir au même instant tout ce qui pouvait m'attacher à la vie.

DUMONT.

Mon enfant, allons du courage, toute espérance n'est pas perdue.

CHARLES.

Mon cœur se refuse à l'horrible pensée de croire ma mère coupable. Mais comment prouvera-t-elle son innocence ? Allez, mon père, mon destin est marqué. Né au sein du malheur, j'y dois traîner le reste de mes jours, repoussez loin de vous un infortuné, abandonnez le malheureux Charles.

DUMONT.

Que je t'abandonne ! tu peux m'en croire capable !... Non, quelque soit le sort qui t'est réservé, je le partagerai. Charles, voilà Clémentine, garde-toi d'ajouter à sa douleur par l'excès de la tienne.

SCÈNE V.

Les Mêmes, CLEMENTINE.

CLEMENTINE.

Charles, M. Dumont, nous abandonnez-vous donc ?

DUMONT.

Par respect pour votre douleur, et dans la crainte que notre vue ne l'augmentât, nous évitions vos regards.

CLEMENTINE.

Comme moi, vous gémissez du cruel événement qui m'a plongée tout-à-coup dans la désolation, votre chagrin, loin d'aigrir ma peine l'aurait adoucie.... mais enfin l'espoir renaît dans mon âme. Le médecin répond des jours de mon père. Il est bien faible encore, mais il peut parler... dès qu'il a repris ses sens, il a voulu me voir, entendre de ma bouche toutes les circonstances... Ah ! quelle fut sa douleur lorsque je lui appris que cette malheureuse femme que l'on accuse est votre mère.

CHARLES.

Grand Dieu ! il sait tout, et je ne lui fais point horreur.

CLEMENTINE.

Ecoutez-moi. Ce n'est point pour ajouter à votre désespoir qu'il m'envoie.

SCÈNE VI.

Les Mêmes, MARIE.

MARIE, *à part.*

Ciel ! Clémentine, et mon fils !...

CLEMENTINE, *à Charles.*

Il n'est malheureusement que trop probable que celle à qui vous devez l'existence....

MARIE, *à part.*

Affreuse persuasion !

CLEMENTINE.

Cependant, c'est votre mère, Charles ; il est de votre devoir de la dérober au châtiment.... Vous le devez, pour votre propre honneur, pour celui de l'homme généreux qui vous a tenu lieu de père, pour nous tous enfin....

MARIE, *à part.*

Qu'entends-je ?

CLEMENTINE.

Facilitez-lui les moyens de fuir de ces lieux. Par vos prières et les miennes, nous avons obtenu qu'elle ne fût point enfermée, profitez sans hésiter de cette grâce pour la sauver. Guidez vous-même ses pas vers la frontière, à l'aide de la somme qui seule sans doute a pu l'engager....

CHARLES.

Clémentine !....

CLEMENTINE.

Elle peut, avec le travail, se procurer une existence sur une terre étrangère ; qu'elle fuie, qu'elle dérobe sa tête au glaive des lois, qu'elle s'efforce, pendant le temps qui lui reste à vivre, de mériter par son repentir la miséricorde divine. Telles sont les intentions de mon père.

MARIE, *à part.*

Grand Dieu !

CHARLES.

Cette action généreuse me fait cruellement sentir toute l'étendue de la perte que je fais. Mais non. Cet argent ne sera pas perdu pour vous, et mon travail...

CLEMENTINE.

Cette somme devoit assurer notre bien être, notre félicité... Qu'elle vous sauve du moins l'honneur. Dès qu'il fera nuit, que la malheureuse parte de ces lieux ?

MARIE, *se montrant.*

Vous l'espérez en vain. Je ne partirai pas.

TOUS.

Dieu ! c'est elle !

MARIE.

Charles, je suis innocente ; et l'aspect même du châtiment réservé aux coupables, ne sauroit m'épouvanter : j'en atteste ce Dieu, pour qui seul il n'est rien de caché, ma conscience est pure. Généreuse fille, daignez en croire mes larmes, je suis innocente !...

CLEMENTINE, *avec un sentiment d'horreur.*

Laissez-moi.

MARIE.

Autant qu'infortunée !

CLÉMENTINE.

Je ne puis supporter sa vue. Charles !... Adieu. (*Elle sort.*)

SCÈNE VII.

DUMONT, CHARLES, MARIE.

DUMONT.

Marie, innocente ou coupable, dites enfin....

MARIE.

Je n'ai qu'un mot à dire, et je ne cesserai de le répéter jusqu'à ma dernière heure, je suis innocente. J'étois loin de m'attendre que les bienfaits d'un homme compâtissant prêteraient contre moi d'aussi cruelles armes.

DUMONT.

On sait maintenant que la bourse vous a été en effet remise par Germeuil lui-même.... Mais votre départ précipité de ces lieux, après la promesse de revoir notre malheureux ami, comment le justifierez-vous ?

MARIE.

M. Germeuil, touché de ma misère, s'était offert de l'adoucir si je voulais lui faire avant tout un récit sincère de mes malheurs. Poussée par ses instances, j'avais promis... Mais je n'ai pas eu la force de m'exposer à perdre son estime en lui avouant que flétrie aux yeux de la société....

DUMONT.

Ah ! cette malheureuse circonstance n'est pas la moins aggravante !...

MARIE.

Je fus encore à cette époque victime d'une erreur, et condamnée injustement.

CHARLES.

Quoi ! ma mère ...

MARIE.

Oui, mon fils, injustement. Pardonne, pour me disculper à tes yeux, je vais ajouter à tes chagrins, mais je te dois la vérité, et je te la dois tout entière. Fille unique et dans l'aisance, mes premières années furent heureuses. Hélas ! qu'il dura peu ce bonheur !... Mes parens trompés par des

debors séduisans, donnèrent ma main à l'auteur de tes jours. Ma fortune
seule avait déterminé son choix, il ne le prouva que trop à leur mort. Il se
livra ouvertement aux excès les plus honteux. En quelques années, il dissipa
toute la fortune que je lui avais apportée, et me plongea dans la plus affreuse
misère.

CHARLES ET DUMONT.

Juste ciel !...

MARIE.

Heureuse encore s'il en fut resté là. Mais sans moyens d'existence, tout
lui semble bon pour sortir d'embarras, et le vol.... Tu frémis, Charles !...
Oui, le vol fut sa dernière ressource. Bientôt la justice informa sur son
compte. Il prit la fuite. Une visite dans sa maison découvrit plusieurs effets
précieux qu'il y avait cachés à mon insu, et ta malheureuse mère, traî-
née devant les tribunaux.... Hélas ! je pardonne à mes juges, toutes les appa-
rences étaient contre moi.

CHARLES.

Et l'auteur de tous vos maux, que devient-il ? Quel fût son sort ?

MARIE.

Son sort ! Ah ! toute ma raison se bouleverse à l'idée de te le faire
connaître.

SCÈNE VIII.
Les Mêmes, PIERRE.

PIERRE, *accourant.*

M. Charles ! not' bourgeois ! j'aurais deux mots à vous dire.

DUMONT.

Parle. (*Marie va pour se retirer.*)

PIERRE, *la retenant.*

Restez, Mam' Marie ; vous n'êtes pas de trop ici. Ça vous concerne.

MARIE.

Qu'est-ce encore ?

PIERRE.

Soyez sans inquiétude, cette fois-ci... Ah ! Mam' Marie ! me pardonne-
rez-vous d'vous avoir accusée? Car, à présent, j'en suis sûr, vous n'êtes
pas une.... C'est-à-dire.... c'n'est pas vous qui..... enfin...

TOUS.

Que veux-tu dire ?

PIERRE.

Que j'ai découvert les assassins.

MARIE ET DUMONT.

Qu'entends-je ?

CHARLES, *vivement.*

Ah! parle !...explique-toi.

PIERRE.

Du moins, j'ai de fortes raisons pour le croire, puisque je viens de
trouver chez eux la clef....

CHARLES.

Chez qui ?

PIERRE.

Vous ne devinez pas ?... ce sont ces deux coquins que M. Roger a arrêtés
tantôt et qui sont enfermés sous de bons verroux dans ces deux corps de
logis.

DUMONT ET CHARLES.

Eux !

MARIE, *à part avec douleur.*

Ce dernier coup manquait à ma misère.

DUMONT.

Mais comment se fait-il ?

PIERRE.

Ce matin lorsqu'on voulût entrer chez M. Germeuil, quand j'allai chercher le trousseau des doubles clefs, je n' me suis pas souvenu tout de

suite qu'hier au soir le trousseau était resté.... Ah ! pas deux minutes....
mais enfin il n'en faut pas d'avantage.

DUMONT.

Mais achève donc.

PIERRE.

Eh bien ! je vous le dis, le trousseau me revient à l'idée, voilà ma tête
qui trotte, je monte aussitôt dans leur chambre, je dérange, je tourne, je
furète.... rien.... je m'en allais, lorsque je remarque que les cendres du
foyer... On n'avait pas fait d'feu... venaient d'être fraîchement remuées, je
les éparpille, j'y trouve cette clef, précisément la clef que je cherchais....

DUMONT.

Etrange circonstance !

CHARLES.

O bonheur inespéré !

MARIE, *à Pierre avec inquiétude.*

Mon ami, as-tu déjà fait part à quelqu'un....

PIERRE.

Non, Mam' Marie, j'ai cru que vous deviez être les premiers....

CHARLES.

Ah ! je conçois votre impatience, ma mère, il vous tarde d'être délivrée
d'un soupçon odieux ; je cours dénoncer les monstres...

MARIE, *le retenant.*

Malheureux ! que vas-tu faire ?

CHARLES.

Livrer l'assassin....

MARIE, *l'arrête avec effroi.*

Charles ne te prépare pas des regrets éternels....

CHARLES.

Je ne puis comprendre....

MARIE

Tu sauras tout. (*Elle les amène mystérieusement sur le devant de la scène.*)
Mais avant, fais que je puisse entretenir un moment, sans témoin, celui
dont la vue m'a causé tant d'effroi, et.... (*Tous trois font un geste très-
marqué de surprise.*) Promets-moi, jurez tous que pendant ce temps, vous
garderez le silence sur sa culpabilité...

CHARLES.

Que je promette....

MARIE

Je l'exige, mon fils !.... vous hésitez ! (*à Charles*) Mon fils....

DUMONT.

Que penser !...

MARIE.

Eh ! monsieur, je vous en supplie, cédez à ma prière, il y va de l'honneur et de la vie peut-être de celui à qui vous avez daigné accorder le nom
de fils.

DUMONT.

Mais je ne puis sans nous compromettre vous laisser seule avec ce misérable.

PIERRE.

Il n'y a rien à craindre ; M. Roger a placé autour de la maison ses dragons, et s'il voulait s'échapper, son affaire serait bientôt faite.

DUMONT.

Si M. Roger... mais il a la clef, comment faire ?

PIERRE.

Ah, diable !... attendez... j'ai encore le trousseau des clefs sur moi.
(*il cherche.*) Tenez la voici :

MARIE.

Donnez.

CHARLES.

Quoi ! vous allez vous exposer seule avec un pareil homme ?

Eh! qu'ai-je à craindre encore?...

DUMONT.

N'importe, nous restons ici près; et s'il fait la moindre violence.... un seul cri, c'en est fait de lui...

PIERRE.

Le plus essentiel est d'empêcher M. Roger et ses dragons d'approcher d'ici. Quant à moi qui ne suis pas du tout curieux de me trouver face à face avec ce vilain homme, je vais me mettre aux aguets, (à part.) mais du côté de la porte qui conduit à la maison parce que on ne sait pas....

SCÈNE IX.

MARIE, seule.

Ah! mon fils! l'idée de te rendre ta mère digne de tes embrassemens peut seule me donner le courage de supporter la vue de celui qui a causé tous mes malheurs, en l'engageant à profiter des généreuses intentions de Clémentine. Je lui arracherai les preuves de mon innocence. (*Elle hésite et se décide à ouvrir la porte.*)

SCÈNE X.

MARIE, REMOND.

REMOND.

Que me veut-on?

MARIE.

Vous pouvez sortir.

REMOND, *apercevant Marie.*

Que vois-je!... ma femme!...

MARIE, (*attend que Pierre soit dehors de la vue du spectateur*).

Je conçois votre étonnement, vous ne souffrez qu'avec peine la vue de celle dont vous avez causé le malheur.

REMOND.

Est-ce pour m'adresser des reproches que je vous vois encore?

MARIE.

Vous n'entendez pas tous ceux que vous méritez.

REMOND.

C'est bien à vous à me parler de la sorte.

MARIE.

Grand Dieu! n'était-ce donc pas assez qu'une fois, j'eusse porté la peine due à vos méchantes actions, vous voulez encore rejeter sur moi le plus noir des forfaits? Le ciel n'a pas permis un tel excès d'horreur!

REMOND.

Qu'est-ce à dire?

MARIE.

Les véritables assassins sont connus.

REMOND.

Connus!

MARIE.

Oui, et votre trouble en ce moment me prouve qu'on ne s'est point trompé.

REMOND, *froidement.*

Qui soupçonne-t-on?

MARIE.

Robert Macaire.

REMOND, *à part.*

Qu'entends-je!... (*haut*) Allez, le piège est trop grossier; on veut, je le vois, profiter de ma situation et troubler ma conscience...

MARIE.

Votre conscience!... ne vous reproche-t-elle jamais vos torts envers votre victime; la triste Marie!... Ah! si vous avez souhaité de les réparer,

saisissez l'occasion qui se présente, une fois en votre vie, montrez-vous
généreux, au moins pour votre fils, pour ce fils digne d'un meilleur sort,
et que votre infamie déshonore...

REMOND.

Marie !...

MARIE.

Rendez-lui l'honneur, la tranquillité; donnez-lui la certitude que sa
mère ne fut jamais indigne de sa tendresse.

REMOND.

Quoi ! j'avouerais...

MARIE.

Ne craignez rien. Nous déroberons votre tête à l'échaffaud ; oui, à
l'échaffaud. Car, vous nierez en vain votre crime. Quand votre trouble
ne vous trahirait pas, la clef de la chambre de M. Germeuil trouvée dans
la vôtre...

REMOND, à part.

Fâcheux incident ! (haut) Cette clef ! eh bien !

MARIE.

N'est pas une preuve suffisante, je le sais ; mais elle peut vous mener à
de nouvelles découvertes qui vous perdront infailliblement. Evitez votre
perte ? Personne que moi ne sait ici que vous êtes le père de Charles : vos
aveux ne peuvent donc le compromettre. Tout à l'heure on m'offrait les
moyens de fuir ; innocente, j'ai dû refuser ; mais je puis obtenir la même
faveur pour vous. Avouez votre crime, dénoncez votre complice, et votre
liberté vous sera rendue.

REMOND.

Ma liberté ! (à part) Si c'était un piège !

MARIE.

Hésitez-vous ?

REMOND.

Non.

MARIE.

Ah ! je cours sur-le-champ près de Charles, et je vous promets d'obtenir...

REMOND.

Un moment.. Je préfère lui parler moi-même ici. Sait-il qu'il est
mon fils ?

MARIE.

Jusqu'à ce moment, je n'ai pu me résoudre à lui faire ce funeste aveu.

REMOND.

Je m'en charge.

MARIE.

Ah ! comblez mes vœux et je vous pardonne tous les tourmens que je
vous dois !

REMOND.

C'est bon, c'est bon, je l'attends.

MARIE.

Grand Dieu ! fais pénétrer le repentir dans son âme perverse. (Elle sort.)

SCÈNE XI.

REMOND, seul.

Oui, cette circonstance imprévue peut amener à des recherches... alors
je n'aurais plus à craindre... seulement la prison... et ma tête !... tandis
que le moyen offert me soustrait à toute poursuite... Mais Bertrand,
ma foi, Bertrand paiera pour nous deux, c'est un parti pris.

SCÈNE XII.

REMOND assis, BERTRAND au rez-de-chaussée du bâtiment à droite, à travers une fenêtre grillée. On voit au fond Marie qui parle à Dumont et à Charles. Charles se détache, il approche lentement, tandis que Bertrand dit les mots suivans :

BERTRAND.

Ah ! ah ! cette fenêtre donne sur la cour !... (*il secoue la grille.*) Ces barreaux tiennent... plus que la porte que j'ai décrochée... Il serait vraiment fâcheux de s'arrêter en si bon chemin !

SCÈNE XIII.

Les Mêmes , CHARLES.

CHARLES, *à Rémond.*

Vous désirez me parler, m'a-t-on dit, que me voulez-vous ?

BERTRAND, *à part.*

On parle... écoutons !...

REMOND, *à Charles.*

Ma demande a dû vous surprendre ?

BERTRAND, *de même.*

Rémond libre avec Charles !...

REMOND.

La prévention défavorable qu'inspire un homme que la fatalité seule, cependant...

CHARLES.

Ne cherchez point à vous justifier à mes yeux; je ne suis point votre juge...

REMOND.

Dans un moment peut-être vous changerez de langage !

CHARLES.

Moi !...

REMOND.

Oui, toi.

CHARLES.

Ce ton...

REMOND.

Me convient... Demeure... Ecoute, et songe que la vie de ta mère est dans mes mains.

CHARLES.

De ma mère !... (*à part*) Il me fait frémir !

BERTRAND, *à part.*

Que va-t-il lui dire ?

REMOND, *il regarde.*

Personne ne peut nous entendre.

CHARLES.

Personne.

REMOND.

Ton intérêt personnel, celui de Marie, ma position fâcheuse, que seul tu peux changer, voilà ce qui m'a fait désirer ta vue.

CHARLES.

Expliquez-vous ?

REMOND.

Tu connais l'accusation portée contre ta mère ?...

CHARLES.

Elle n'est point coupable.

REMOND.

Elle sera condamnée.

CHARLES.

Malheureux !

Un homme seul peut la sauver.

CHARLES.

Qui ?

REMOND.

Son époux !

CHARLES.

Son époux !... Où est-il ?...

REMOND.

Devant toi ?...

CHARLES.

Vous seriez...

REMOND.

Ton père !...

CHARLES.

Dieux !!...

BERTRAND, à part.

Cette nouvelle ne paraît pas lui faire plaisir...

CHARLES, se cachant la figure dans ses deux mains.

Non, vous m'abusez...

REMOND.

Pourquoi t'abuser ! demande à Marie ?

CHARLES.

Ah ! chaque trait de lumière est un coup de foudre !... Partout autour de moi... Le crime et l'ignominie... Ma mère soupçonnée et vous... Vous, mon père !... ma tête s'égare...

REMOND.

Écoute ; le temps est précieux. Je ne demande point à ton cœur les sentimens d'un fils, pour un malheureux !... Mais veux-tu m'aider à réparer mes torts envers ta mère ?

CHARLES.

Si je le veux !...

BERTRAND.

Où veut-il en venir ?

REMOND.

Veux-tu m'aider dans l'exécution d'un projet qui dérobe ma tête au glaive, ta mère à l'opprobre et tes jours à la honte et aux regrets !

CHARLES.

Pouvez-vous en douter ?

REMOND.

Ta promesse ?

CHARLES.

Je vous la donne.

REMOND.

Elle me suffit. Je puis maintenant t'avouer que Marie n'est pas coupable.

CHARLES.

Je le savais.

REMOND.

Les auteurs du crime sont en effet...

CHARLES.

Ne me les nommez pas ! au nom du ciel !...

REMOND.

Soit. Crois-tu que nous passerons la nuit ici ?

CHARLES.

L'escorte qui doit vous conduire n'arrive, dit-on, que demain.

REMOND, indiquant la maison dont il est sorti.

Il suffit. Cette porte ne donne-t-elle pas sur la forêt ?

CHARLES.

Oui !...

REMOND.

Il me faut d'abord cette clef et celle de cette porte, un cheval au bout de ce mur, à l'entrée du bois, à neuf heures. Là, j'irai te rejoindre et te remettre les détails écrits du meurtre de cette nuit. Le nom de l'assassin sur qui l'on doit trouver encore une partie de la somme.

BERTRAND.

Ah ! coquin. Je te devine !....

RÉMOND.

Je quitte alors pour jamais le pays, je rends Marie à la société désabusée, et le monde entier ignorera que ton père....

CHARLES, *l'interrompant.*

Je consens à tout.

BERTRAND , *à part.*

Il paraît que nous lui aurons tous des obligations.

CHARLES.

Si je me rends coupable , si les lois me condamnent , c'est à la nature à me justifier ; pour vous, libre et loin de ces lieux, tâchez....

RÉMOND.

Les clefs ?

CHARLES.

Tout à l'heure, je vais vous envoyer des provisions , et je les cacherai dans un pain.

RÉMOND.

Et à neuf heures ?

CHARLES.

Oui, là au bout du mur.

RÉMOND.

Pour n'être pas reconnu.... Je voudrais....

CHARLES.

Un manteau....

RÉMOND.

Et des armes....

CHARLES.

Au fond du panier.

RÉMOND.

Et pour écrire ?

CHARLES.

Dans l'armoire du bâtiment, où vous êtes , se trouve tout ce qui vous est nécessaire.

RÉMOND.

Bon , à l'heure précise.

CHARLES.

Précise. (*Rémond rentre dans le pavillon. Charles l'enferme et se retire.*)

SCÈNE XIV.

BERTRAND , *seul.*

L'ai-je bien entendu ! Ah! M. Rémond, vous vous tirez d'embarras et vous y laissez vos amis ! Doucement, s'il vous plaît ! .. Nous verrons.... D'abord il faudrait sortir d'ici.... (*il regarde*). Cette trappe.... un petit escalier.... montons !.... (*il paraît à la fenêtre du grenier*), une corde.... La poulie.... (*il regarde penché en dehors*), personne !... on vient. (*Il passe la corde à sa cuisse et se descend lui-même.*)

SCÈNE XV.

PIERRE , BERTRAND , RÉMOND.

PIERRE , *parlant à la cantonade.*

Oh ! vraiment vous avez trop de bonté.

BERTRAND , *à part.*

Quelqu'un !.... fâcheux contre-temps !... (*Il se blottit.*)

PIERRE, *entrant.*

Est-y bon, c'monsieur Charles....et pour qui encore !... pour un vaurien !... Ah ! si c'était moi, j't'en donnerais, va, des manteaux, pour te garantir de la froid.... et à manger encore.... il m'a donné une ben vilaine commission.... J'aurais ben refusé... mais dam !... il est l'maître.... Fais c'que j'te dis, qui m'a dit.... c'est une raison ça... allons ! Eh ben !...ous' donc c' qu'c'est. Il n'm'a pas donné de clef.... comment que j'vas faire... j'irai pas la lui demander puisqu'il vient d'sortir pour aller.... Ah ! voyons donc.... si j'pouvais par c'te fenêtre... j'serais pas fâché d'avoir c'te grille entre lui et moi.... Voyons un peu : (*il approche.*) dit s donc !.... êtes-vous là ?

REMOND, *en dedans.*

Qu'est-ce qui m'appelle ?

PIERRE, *surpris.*

Oh ! mon Dieu ! C'est moi, monsieur, ne vous dérangez pas, c'est M. Charles qui m'a dit de vous apporter....

REMOND.

C'est bon, c'est bon, donne.

PIERRE, *posant le panier à terre.*

Tenez, voilà d'abord.... de quoi vous tenir chaud,.... si vous avez froid.... (*Il passe le manteau à travers la grille.*)

BERTRAND, *s'approche du panier et cherche dedans, il aperçoit les armes, et un couteau.*

Des armes !... main basse là dessus.

PIERRE, *se retourne et prend le panier. Bertrand l'évite.*

Maintenant que vous avez de quoi vous couvrir, v'là de quoi vous restaurer. (*Il lui passe le panier.*)

REMOND.

Bien.... maintenant.... va t'en.

PIERRE, *à part.*

Merci, (*haut*), je ne demande pas mieux.... Ah ! ça, pourquoi donc, M. Charles n'a-t-il envoyé des provisions qu'à celui-là... il aura oublié l'autre.... ah ! ben ! ma foi, tant pis pour lui.... S'il a faim.... il peut ben attendre à demain ; car je n'ai pas envie de revenir. (*Il sort.*)

BERTRAND, *seul.*

Ah ! M. Rémond vous me croyez votre dupe !.... Le traitre !....il possède comme moi la moitié des 12,000 fr. Allons Bertrand, un coup digne de toi.... C'est par cette porte qu'il doit sortir.... un cheval l'attend.... il est à moi.... (*Il gagne le fond, monte sur le mur, et neuf heures sonnent*). Neuf heures... nous y voilà. (*Il disparaît.*)

REMOND, *ouvre la porte du bâtiment.*

Il m'a tenu parole, voilà bien les clefs.... mais je n'ai pas trouvé les armes qu'il m'avait promis, (*il regarde partout*). Tout paraît tranquille.... Partons ! (*il va au fond, ouvre la porte*). Je suis sauvé !....

BERTRAND, *de l'autre côté du mur.*

Pas encore.

REMOND.

Qui es-tu ?

BERTRAND.

Bertrand ! (*on entend un bruit de gens qui semblent se battre*), tiens lâche !... (*Un coup de pistolet*).

REMOND.

Je suis blessé... (*Il rentre et vient tomber sur le banc du pavillon*).

PIERRE, *en dehors.*

Arrête coquin !... (*On entend un coup de pistolet*) Au secours ! au secours.

SCÈNE XVIII ET DERNIÈRE.

Tout le Monde, *des flambeaux.*

PIERRE, *paraît le premier.*

Arrivez, arrivez, c'est de ce côté que vient le bruit.

DUMONT.

Qu'y a-t-il ?

PIERRE.

Ce scélérat vient d'assassiner un homme !

BERTRAND.

Je suis vengé !.... (On relève Remond.)

CHARLES, le reconnaît en arrivant.

Que vois-je ?.

MARIE, à part.

Robert !...

PIERRE.

Nos prisonniers !...

MARIE.

Des secours !...

REMOND.

Inutiles... Marie, le ciel vous a vengé.... (à Roger) Elle est innocente....
celui qui m'a frappé est l'assassin de Germeuil.... son complice c'est moi...

TOUS.

Ah !

CHARLES, désespéré.

Il est donc vrai...., (Rémond mettant le doigt sur la bouche semble lui si-
gnifier de retenir sa douleur.)

CLEMENTINE, avec explosion.

Charles ! votre mère est innocente!

REMOND, tirant un papier de son sein.

Lisez l'aveu de mes crimes, reprenez la moitié de la somme dérobée...
l'autre moitié.

BERTRAND, donnant l'autre moitié.

Ah ! mon Dieu ! voilà le reste... je t'ai payé comptant, ça me suffit.

ROGER.

Entrainez ce misérable... (On l'emmène.)

REMOND.

Marie !... Charles !... pardonnez-moi.... je meurs....

CHARLES, veut s'élancer sur Rémond, entraîné malgré lui, il va se découvrir.

C'est mon....

MARIE, vivement.

Silence !... Il n'est déjà plus.

FIN.

Le Libraire POLLET *est Éditeur des Pièces ci-après :*

	f. c.
LA PARTIE FINE, ou le Ménage du Marais, vaudeville en un acte de MM. Carmouche et de Courcy	1 25
LES CINQ COUSINS, vaudeville-épisodique en un acte, de MM. Maréchalle et Ch. Hubert	75
MICHEL ET CHRISTINE, vaudeville en 1 acte, de MM. Scribe et Dupin	1 50
CHACUN SON NUMÉRO, ou le Petit Homme Gris, comédie-vaudeville en un acte, de MM. Boirie, Daubigny et Carmouche	1 25
LE COURRIER DE NAPLES, mélodrame historique en 3 actes, par MM. Boirie, d'Aubigny et Poujol	75
LA DEMOISELLE ET LA DAME, ou Avant et Après, comédie-vaudeville en un acte, par MM. Scribe, Dupin et F. de Courcy	1 50
LE CHATEAU DE KENILWORT, mélodrame en 3 actes, par MM. Boirie et Lemaire	1 «
PAOLY, ou les Corses et les Génois, mélodrame en 3 actes, par M. Frédéric	1 «
L'ERMITE ET LA PÈLERINE, vaudeville en un acte, par MM. Merle, Carmouche et de Courcy	1 «
LE PAVILLON DES FLEURS, ou les Pêcheurs de Grenade, comédie en un acte et en prose, mêlée d'ariettes, par R. C. Guilbert de Pixérécourt, musique de Dalayrac	2 «
LA FERMIÈRE, ou Mauvaise Tête et Bon Cœur, tableau villageois en un acte, par MM. Brazier et Emile-Vander-Burch	1 «
L'INCONNU, ou les Mystères, mélodrame en 3 actes, par MM. Boullé, Mathias et Karez	1 «
LES FIANCÉS TIROLIENS, ou les deux Bouquets, comédie en un acte, mêlée de couplets, par MM. Dubois et Brazier	1 «
L'ARRACHEUR DE DENTS, vaudeville en un acte, par MM. C. du Peuty et F. Villeneuve	1 «
LE MEURTRIER, ou le Dévoûment filial, mélodrame en 3 actes, à grand spectacle, par MM. Edmond Crosnier et Saint-Hilaire	1 «
LES DEUX FORÇATS, ou la Meunière du Puy-de-Dôme, mélodrame en trois actes, par MM. Boirie, Carmouche et Poujol	1 25
LE CHATEAU DE LOCHLEVEN, mélodrame historique en trois actes, par M. Guilbert de Pixérécourt	1 50
LA FILLE A MARIER, ou la Double Education, comédie-vaudeville en un acte, par MM. Ménissier, St.-Hilaire et Ferdinand	1 «
TRINGOLINI, ou le Double Enlèvement, mélodrame comique en trois actes, par M. St-Hilaire	1 «
LE DÉVOUEMENT FILIAL, ou Marseille en 1720, mimodrame en un acte, par MM. Henri Simon et Ferdinand	« 75
LE CONCERT DE VILLAGE, folie-vaudeville en un acte, par MM. Ch. Hubert et Prosper Mars	1 «
LA FAUSSE CLEF, ou les deux Fils, mélodrame en 3 actes, par MM. Frédéric et Laqueyrie	1 25
LES DEUX FERMIERS, ou la Forêt de S-Vallier, mélodrame en 3 actes, par MM. Ménissier, Dubois et Saint-Ange-Martin	1 «
LES DEUX SERGENS, mélodrame en 3 actes, par M. d'Aubigny	1 25
LA FAMILLE MENSICOFF, ou les Arrêts du destin, mélodrame en 3 actes, par M. Duperche	1 25
LES ENSORCELÉS, ou les Amans Ignorans, vaudeville en 1 acte, de MM. Dupin et Sauvage	1 «
LE REMORDS, mélodrame en 3 actes, par M. Léopold	1 «

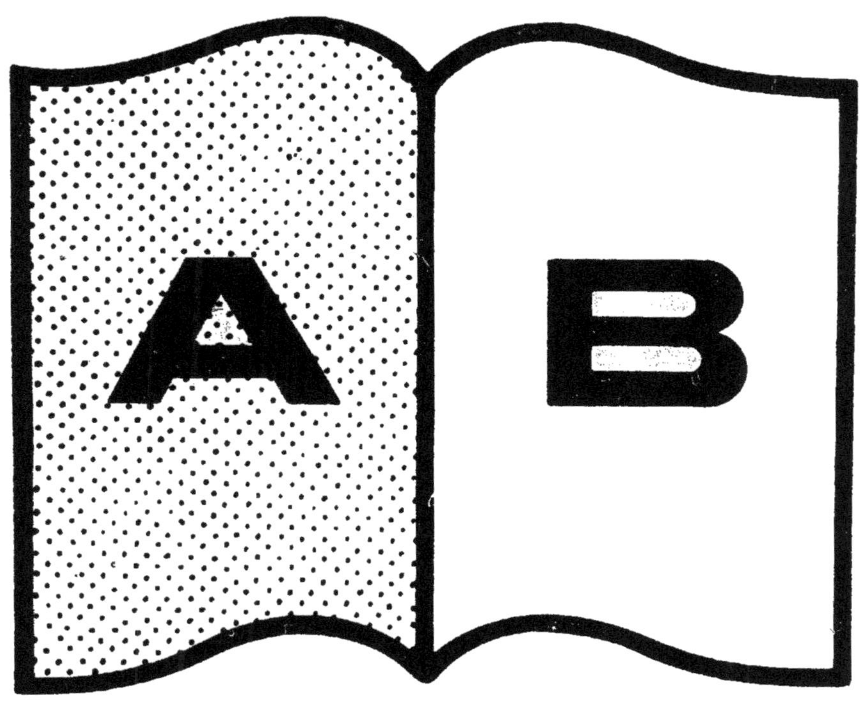

Contraste insuffisant

NF Z 43-120-14